処刑少女の生きる道《バージンロード》8
—フォール・ダウン—

佐藤真登
Story by Sato Mato

イラスト ニリツ
Art by Nilitsu

処刑少女の生きる道《バージンロード》 8
―フォール・ダウン―

目次

Contents

Story by Sato Mato Art by Nilitsu

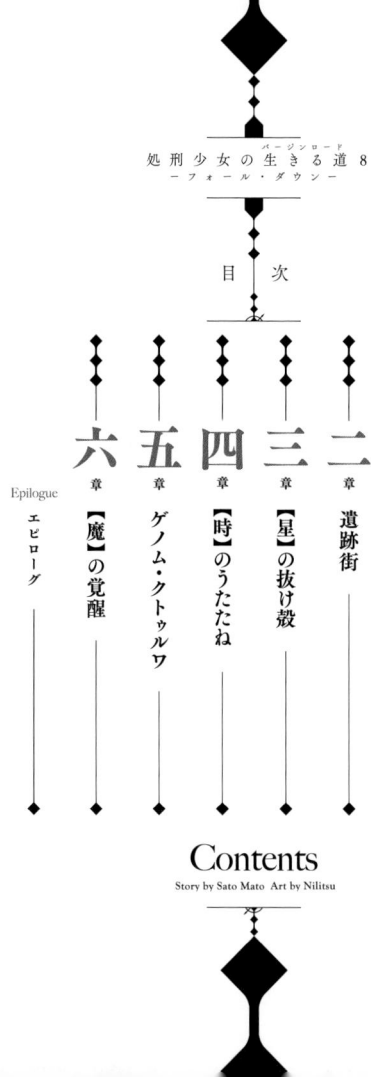

モモ
異端審問官。
ミシェル
【使徒《エルダー》：魔法使い】。
フーズヤード
異端審問官。
シラカミ・ハクア
【白】の勇者。

処刑少女の生きる道《バージンロード》8

—フォール・ダウン—

佐藤真登

GA文庫

カバー・口絵・本文イラスト
ニリツ

プロローグ

Prologue

『導力：素材併呑（条件・了）――塗装漂着・純粋概念【器】――起動【星読み】』

「ん……」

その条件が満たされた時に、一体の魔導兵が目を瞬《しばたた》いた。

「んー、暗いなもう。明かりを点《つ》けてっと。うんっ、ここは環境制御塔で大丈夫かな？」

立ちあがり、暗い部屋を歩き回っていくうちにも体が導力光を発して、彼女の姿が変形していく。褐色の肌は白く。緑色だった髪の色は黒に。反転していた目は人類と同じ、普通の黒瞳白目になる。

「ほほう……千と十六年三か月と四日後、か。なんだい。前回から半年ぐらいしか経《た》ってないじゃないかい。この時期は、やたらと慌ただしいなぁ」

自分の体内機能を使っていまがいつかを検索した彼女は、眉間《みけん》にしわを寄せる。

「おおう。あんまりここにいたらまずいな。あっという間に詰みになってしまうじゃないかい」

ぶつぶつと言いながら彼女の起動と同時に自動生成された水色のセーラー服を着用。その上に白衣を羽織り、赤縁のメガネをかける。

「とはいえ、仕方ない。ボクの言葉は、いまだに世界に必要とされているという証拠でもある。人気者はつらいぜ」

準備を終えた彼女は、自分がもっとも重視するものを言葉にする。

「この未来のために、未来でもボクは頑張るぞ！」

北大陸にいる【使徒《エルダー》：星読み】は、部屋の外に出た。

一章

地下街

「冒険者っていうのはな、居場所を失った連中が最後に行き着く場所だ」

自らも冒険者である男は、目の前にいる少女たちにそう切り出した。

冒険者とは三つの身分に縛られた国家領域から外れた地域、未開拓領域で生きるならずものだ。そんな彼の前にいるのは、壮年に近い年代の自分とは対照的な二人だ。

一人が、十六、七歳の修道服を着た銀髪の少女。そしてもう一人に至っては十歳前後という、年若いどころか幼いといっていい年齢の子供だ。

「生まれに納得できなかった奴。育つ過程で、どうしようもない壁に阻まれた奴。挫折と没落の後に俺《おれ》たちは未開拓領域に行き着いた。あんたらにとっちゃ知ったことがないだろうが、それぞれの人生で失敗してここまで落ちてきたんだ」

冒険者になるような人間の多くは第三身分《コモンズ》や第二身分《ノブレス》だ。ごく稀《まれ》に、第一身分《ファウスト》でも落ちてくるやつは落ちてくる。どれほど訓練し、教育し、選抜されようとも、居場所を失くす人間は生まれるのだ。法による保護が及ばない環境では力こそが正義となる。男たちは、そんな冒険者たちの中でも頭一つ抜けた集団だった。

ほんの、数か月前までは。

自分の子供にいてもおかしくない年代の少女を相手に、どうしてこんな話をしているのか。

一瞬だけ頭をよぎった虚《むな》しさを自嘲《じちょう》で押し流して、男は弁舌を続ける。

「自業自得の面があるのも認める。だが、三つに区分されたいまの社会から零《こぼ》れ落ちた俺たちにとって……ここは、最後の砦さ」

男が視線を向けた窓の外に、空はなかった。

広がるのは、点々と設置された導力灯に照らされた地下街だ。

薄暗い通路の脇《わき》には酒場や雑貨屋、食事処などが軒を連ねている。どこもかしこも異様に仄暗《ほのぐら》いのは、街に導力が通っておらず個人で使える導力でしか灯《あか》りをもたらせないからだ。

北大陸中央部は、完全に導力が枯渇している。導力をエネルギーの基礎として発展した文明が栄えるこの世界では、都市機能の基盤となる【力】の流れがない土地は、人が住める環境ではないと判断される。人の往来はほとんど存在せず、地下街は驚くほど静かだ。

ここは『星骸《せいがい》』によってくり抜かれた大陥没地帯のさらに下。

北部未開拓領域、地下二百メートル地点。通常ならば人が住めるはずもない場所に作り出された古代文明の街があると、昔から推測されていた。確かに文献にも残る噂が誘蛾灯《ゆうがとう》になって集《つど》った冒険者たちが寄り集まったのが地下街だ。北大陸にある町や村で住めなくなった人間が行き着く、最後の場所である。

「話はわかったわ」

男の弁舌に頷《うなず》いたのは、愛くるしいながらも、いかにもマセた態度をとる十歳前後の幼女だった。上品で利発そうな第一印象を裏切るほどに、彼女の言動はこまっしゃくれている。胸元《むなもと》に三つの穴が空いた白いワンピースに着物を羽織るという奇抜なファッションも、堂々とした彼女の態度だからこそ成立しているという面もある。

「つまり『遺跡街』までの案内人を紹介してくれるっていう話は真《ま》っ赤《か》な嘘《うそ》だったわけなのね？　あたしたちを騙《だま》して、ここで捕まえようってこと？」

「そうだ」

男は頷いた。

三日ほど前に地下にやってきた少女たちが『遺跡街』への侵入を狙《ねら》っているという情報は事前に手にしていた。彼らの上から指令が下りていたのだ。

ここを根城とする冒険者たちは、ほんの数週間前に、一人の男によって支配された。その人物の命令は絶対だ。彼女たちを、これより先に進ませるわけにはいかなかった。そのために男たちは地下街に潜伏している少女たちが食いつくような情報をいくつか流布していた。

その結果、この二人を釣り上げた。

「俺たちがここにい続けるために……お前たちは、邪魔だ」

男たちの全身が燐光《りんこう》を帯び、武器を取り出す。導力強化。人の魂から生成される導力を全身にめぐらせて肉体能力を底上げする戦闘技能の基本だ。各々《おのおの》に戦闘用の紋章が刻まれた武器を携え、中には禁制品である導力銃を構える者もいた。

明確な敵対行為に、幼女は不快げに目を細める。

「あたしたちがどんなものかっていうのは、有名だと思うけど」

「確かにな」

リーダーの男は、不遜《ふそん》とも言える彼女の言葉を肯定する。

聖地崩壊。東部未開拓領域の『絡繰り世』戦線の平定。グリザリカの身分制度からの脱却。どれもこれも百年に一度、起こるか起こらないかというほどの激動だ。彼女たちが成し遂げてきたことは、大陸中に知られている。彼女たちの正体を知っていながら、歳《とし》が若いからといって侮る者は愚か者だと言い切れる。

それでも、なのだ。

「どっちに付くかを選ぶなら、俺たちは強いほうを選ぶ」

男の声音には、ありありと恐れが含まれていた。

「お前たちが、彼に――ゲノム・クトゥルワに勝てるとは、到底思えない」

それが、すべてだった。

力の恐怖に縛られている彼らの意見は変わらない。交渉の余地はないのだ。

多勢に無勢。交渉のつもりで訪れた少女二人は、エサ場に飛び込んできたカモだった。だがこの程度の修羅場、少女たちも幾度もかいくぐっている。黒髪の幼女の不敵な笑みは崩れなかった。

「ふーん。後悔しないといいわね」

圧倒的に不利な状況にあって、白いワンピースに着物を羽織った幼女は、自信満々に宣戦布告を受諾した。

「さあっ、出番よサハラ！　やっちゃって！」

威勢のいい幼女の宣言に、周囲の男たちの警戒が色濃くなる。

身に纏《まと》う修道服に、右腕に備わった導力義肢。囲まれた状況にあって緊張感の一つもない態度からして、明らかにただ者ではない。この中の数人は『盟主』の後を継いだと言われる『総督』サハラではないかと勘付いた者もいる。

この幼女の正体は知れずとも、『総督』サハラといえば東部の重鎮として有名だ。東部未開拓領域で『絡繰り世』戦線を平定した功績から、現代の英雄と称《たた》えられつつある。この人数ですら敵《かな》わないのではないかと、一抹の不安が男たちの脳裏をよぎる。

だが、サハラと呼ばれた当の少女はきょとんとした顔を幼女に向けた。

「え、なに、マヤ。いきなり。無理だけど？」

当然のように返された言葉に、調子よく舌を回していた幼女ことマヤが口を閉じた。

相方の態度は気に留めず、サハラはマイペースに言葉を続ける。

「この人数だとちょっと厳しい。だってこの人たち、結構な使い手だもの。そこらのごろつきじゃないわよ。たぶん、第二身分《ノブレス》から冒険者になった口ね。しかも一つの部隊が丸ごと。政治闘争とかで負けた責任をとらされたパターンじゃない？」

その推論に、男は思わず感心する。

男を隊長とした部隊は、政争に敗れ放逐された。第二身分《ノブレス》として生まれた国にはいられず、しかし他国に受け入れられることもなく、未開拓領域で泥水をすすりながら生を繋《つな》いできた。

とはいえ、男たちの苦労などマヤの知ったことではない。彼女が直近で知りたいのは、彼我の戦力差だ。もっと簡単にいえば、ここからぱぱっと逃げられるかどうかの問題である。

「え……？　じゃあ、この状況をどうするの？」

「なんかマヤが自信満々だから、策でもあるのかなって。ないの？」

「ないけど」

再び、深い沈黙が落ちた。

「取り押さえろ」

「待って待ってストップ！　カットカット！　リテイク！　最初からリテイクお願い！」

どうやら修道服の少女が名高い『総督』だというのは自分たちの勘違いだったと判断。偶然、名前と服装と容貌が一致しただけの間抜けた女と子供でしかない。

それでも一応警戒して威圧するようににじり寄る強面《こわもて》の男たちに、マヤは慌てて手を振った。

「ごめんね？　ちょーっと調子に乗ってたのは、うん。認めてあげるわ」

追い詰められた状況にいながら、素晴らしいと称賛するほかない胆力で話を仕切り直す。外見からするとせいぜい十歳でこの度胸が備わっているのは、もはや才能以外のなにものでもないだろう。

「あたしたちね、これでも東部ではちょっとしたものなのよ？　大手を振っておてんとうさまの下を歩きたいって言うのなら、協力できないこともないはずよ。こーんな穴蔵みたいな場所での生活、ごめんでしょ？」

「俺たちのように脛《すね》に傷を持つ人間を、丸ごと受け入れるほどに、か？」

「……」

幼女の頬《ほお》を、たらりと冷や汗が伝った。

彼女はかわいらしい口を一文字にして、ぷいっとそっぽを向く。

「マヤ、子供だからわかんなーい」

とても正直な態度である。彼女の年齢を考えるとその素直さに花丸をあげたいものだが、交渉事で正直さは時として欠点となる。

「おい、このクソガキたちは生け捕りにしておけ。こんな世の中を舐《な》めきったガキでも人質にすれば本命の相手……『陽炎の後継《フレアート》』への交渉材料にはなるだろう」

「……サハラ？　本当に無理なの？　一発逆転の手段とかないの？」

迫りくる窮地に救いはないのかと問われたサハラは眠たげな目つきのまま平然と言い切る。

「ないものはないから諦《あきら》めて。私はとっくに諦めてる」

「ヤよ⁉︎」

披露される寸劇に緊張感を削がれつつも、容赦する理由にはならない。

力が正義の未開拓領域に住まう男たちは、邪魔者を排除するために囲みを縮めていった。

地下街で怪しげな屋台で食事をとっていると、あからさまに厄介ごととわかる騒動が耳に入った。

『遺跡街』の手前に自然発生した地下街には、小規模といえ経済圏が築かれている。事情があって国家圏に住めなくなりつつ、戦闘もできないために冒険者を相手に商売をするという人種が一定数いる。

金属同士が衝突して打ち鳴らされる音に、紋章魔導の発動気配。さらには導力銃の発砲音に混ざって、場違いに甲高い幼女の悲鳴が響いている。閉鎖空間である地下街では、音が閉じ込められて反響し、なかなか消えてくれない。特に最後の悲鳴は、閑静な地下街のどこにいても聞こえるのではないかと思ってしまうほどよく通る声だった。

安いだけが取り柄のボロ屋台で丼麺をすすって腹ごしらえをしていた少女は、嫌でも聞こえてくる戦闘音にため息をつく。

「あの二人は、なにをやってるんだか……」

愚痴っぽく呟《つぶや》きながら残りの麺《めん》をすすって口に収める。

薄暗い地下街にあって輪郭が浮き出るほどに美しい少女だ。完食した丼に箸を置く仕草に合わせて、黒いスカーフリボンでくくった淡い栗毛がふわりと揺れた。

『陽炎の後継《フレアート》』メノウ。

禁忌を狩る処刑人でありながら第一身分《ファウスト》を裏切り、聖地に甚大な被害をもたらして指名手配をされている少女である。青を基調とした服装には、少しだけ聖職者であった頃の面影が残っている。

「まーまー、そう言わないであげてよ、メノウちゃん」

たしなめる口調でメノウの名前を呼んだのは、官能的な美女だった。

縦縞《たてじま》模様のスラックスに短いジャケットを羽織り、美しい褐色の肌を惜しみなく晒《さら》している。屋台の席に座りながら食事もせずにメノウの隣に座っていた彼女は、グラマラスな外見からは想像できないほど人懐っこい笑みを浮かべる。

「元気があっていいことだと思うよ？　こんな地下で鬱屈《うっくつ》とするより断然いいと思うね、おねーさんは！」

「限度があるって言ってるのよ。あの二人は、ほんと、目を離すとすぐこれよ。特に、サハラね」

「メノウちゃん、地味に妹ちゃんに厳しくない？　悪いの、どう考えてもあのちびっ子だと思うんだけど」

「アビィがサハラを甘やかし過ぎてるの。あいつ、やればできるのにやらなくなるじゃない」

「えー。あまあまに甘やかすのが一番だよ。妹ちゃん、すごく流されて生きてるからさ。おねーさん抜きで生きていけないようにしたいの。愛だよ、愛」

「やめてあげなさい。サハラのためにも」

サハラも最近はマヤと打ち解けて互いにいい影響を与えている雰囲気があるのだ。

軽口を叩《たた》きながら食事の勘定を支払ったメノウは立ち上がる。ホットパンツから伸びる脚線美が向かう先は、いよいよ騒がしくなってきた戦闘音の方向だ。

「地形の調査は、まだかかる？」

「そろそろ終わるかな。意外に広かったよ、ここ」

アビィが持ち上げた指先には、蟻《あり》が取り付いていた。小指の先ほどの大きさだが、よくよく見れば歯車やバネで構成された無機物の昆虫であることがわかる。

蟲《むし》型の魔導兵。

ここまで小型な魔導兵には、アビィが生成したものしかお目にかかったことがない。

メノウたちが北大陸に来て、妨害を潜《くぐ》り抜け地下に潜《もぐ》りながらも『遺跡街』の手前で足止めを喰《く》らっているのには理由がある。

道が、わからなかったのだ。

「無計画にあっちこっち掘り広げてるみたい。順路はないし、途中途中で崩落してるし、有毒ガスが溜《た》まってたり水没してたり……人間が住む環境じゃないと思うよ、ここ」

「無理やり住んでるだけだから、そういうことにもなるわよね」

「そんな場所だから全部の把握はまだだけど、『遺跡街』への入り口は見つけたよ！」

地下街は冒険者が寄り集まって作った街だ。性質としてサハラと再会したバラル砂漠の街が近いが、交通の要衝でもない地下空間のため、より鬱屈とした雰囲気が漂っている。排他的なコミュニティ相手に手配犯のメノウたちが接触するわけにもいかず、アビィが得意としている超小型の魔導兵でしらみ潰《つぶ》しにして道を探していた。

「ただ、ミシェルが追ってこないのも気になるのよね」

「ミシェルねぇ」

メノウがもっとも警戒している人物の名前を聞いて、基本的にはお気楽思考なアビィも顔をしかめる。

ミシェル。北大陸に到着するなりメノウたちを追い回した異端審問官である。第一身分《ファウスト》の中でもハクアから直接指令を受ける立場にいる神官であり、単身でメノウたち全員を相手取って殲滅《せんめつ》できるほどの戦闘力を誇っている。

地下街でもミシェルからの逃走劇になるかと思いきや、意外なことに彼女が地下に降りてくることはなかった。

「来てないならいいことだと思うんだけど、そんなに気になる?」

「もう三日よ?　地上じゃあそこまでしつこく追い回してきたのに、ぴたっと止《や》んだのは変よ」

「出入り口を塞《ふさ》ぐことを優先してるんじゃないかな」

地下街の地図を作っていたアビィが、自分の考えを伝える。

「調べた感じ、この地下の出入り口は本当に入ってきたところしかないから、下手に入り組んでる地下で追いかけっこするより待ち伏せのほうが効率いいっていう作戦かも」

「実際、そっちのほうが困るのよね」

実のところ、メノウたちにとってミシェルに地下まで追ってきてもらったほうが好都合だった。

ミシェルは強い。戦いにおいて基本である【力】の総量と出力が異常に高く、特殊能力の域になるほど人間離れしているのだ。おそらくだが、彼女は個人で一つの都市が営むのに必要な導力を賄《まかな》うことができる。

一対一の戦闘では過剰なほどに強力すぎるミシェルは、いまメノウたちがいるような地下空間では全力を出せない。彼女が紋章魔導で剣を振っただけで、いまいる地下街など崩落してしまうリスクがあるほどだ。

ありがたいことに、ミシェルには周囲に被害を出さないという良識がある。目的があっても、手段を優先するのだ。

だからこそ、ミシェルの出力が制限される地下という環境をうまく味方につければ、彼女を嵌《は》めて生き埋めにすることもできたはずだ。それですら生命力がずば抜けている彼女を倒せるかどうか怪しいが、置き去りにすることはできる公算だった。

ただ、ミシェル自身も自分が閉鎖空間での戦いに不向きだというのは承知だったのだろう。

「出入り口を封鎖してきたもんね。さっきのお店の人とか、困ってたよ」

「外からの物流ないと、物が干上がるわよね。なんだろう。ミシェル、もしかして私たちがここで餓死するまで閉じ込めるつもりなの？」

「そこまで気長じゃないと思うなぁ」

地下街は冒険者をはじめとした北大陸のあぶれ者が拠点としている。それなりの人数が集まっているために、生活物資を手に入れるため地上の街と行き来があったのだ。

ミシェルはその物流を第一身分《ファウスト》の強権で断ち切っていたらしい。異端審問官という公的な独立権限が強い立場だからこそ可能な力技だ。おかげで封鎖を振り切って地下街に来たメノウたちは、だいぶ悪目立ちしてしまっている。

餓死云々は冗談にしても、封鎖の原因をメノウたちとすることで、ここにいる冒険者たちを丸ごと敵にさせる策略だろう。

「そう都合よくはいかない、か。帰る時、どうする？」

「あいつと戦いたくはないかなぁ……掘る？　新しい出口」

「掘削《くっさく》かぁ……」

アビィの提案を聞いて、思わず地下天井《てんじょう》を仰《あお》いでしまう。人力での掘削は不可能でも、昆虫をモチーフとした多様な魔導兵を出せるアビィがいれば掘れないこともないだろう。

だが当然、問題はある。

「下手に穴を空けて、崩落とかしない？」

「するかも。おねーさん、そういう計算は専門外だよ。感覚派の魔導兵だからね。この子たちも、私の魂からあふれるフィーリングで作ってるもん」

「じゃあなしで」

精密導器であるはずの魔導兵を感覚で作っているという発言に若干引きつつも、メノウは帰り道の方法を保留にする。

網の目のように広がる地下街には、一千人規模の人間が住んでいる。いまメノウたちが歩いている幅の広い炭鉱路のような形状だけではなく、地盤が安定したところを広く掘って簡易の集落にしているところもあるのだ。

地上への掘削の最中にうっかりバランスを崩して罪なき住民を丸ごと押し潰すのは、さすがに寝覚めが悪い。

メノウたちを追い回す異端審問官ミシェル。彼女とは戦っても勝てるビジョンがいまだに見えない。やはりどうにか回避する術《すべ》を考えるべきかと結論を先送りにしていると、佳境に突入しつつある騒音現場に到着した。

メノウは太ももから、短剣を引き抜く。柄《つか》が銃のグリップの形になっている、特殊な形状の短剣銃だ。

地下街の中でも入り組んだ場所にある区画で、メノウは握った短剣銃に導力を流す。

『導力：接続――紋章・短剣銃――発動【導枝：銃身《バレル》】』

紋章魔導によって発動した導力の枝が銃身を形成する。

瞬《またた》く間にメノウの手元に導力光で輝く銃が現れた。

壁に銃口を突きつけて、目を閉じる。戦闘は壁の向こう側だ。視覚は頼りにならない。音を頼りに、部屋の内部の位置関係を把握。壁の厚さも考慮して銃口の位置を微調整し、引き金をひいた。

「――ぐッ⁉」

部屋の中から野太い悲鳴が上がった。壁抜きで放たれた弾丸がリーダー格の男に命中したのだ。

壁に穿《うが》たれた銃痕からは混乱した様子が覗《のぞ》き見える。メノウは構わずに、連射。今度は狙いをつけずに混乱を煽《あお》る目的で撃ち込む。

外からの乱射に、内部での統率が崩れた気配がする。その隙を突いて、部屋の中から少女が窓枠をぶち抜いて脱出を果たした。

修道服を纏った銀髪の少女ことサハラは、マヤを背中におぶったまま軽く手を上げる。

「ども。助かった」

「どういたしまして。マヤがかわいいのはわかるけど、わがままに付き合うのもほどほどにね」

「なんであたしが悪いみたいなことになってるのかしら?」

サハラの背中にいるマヤが納得いかないと訴えるが、この三日で暇を持て余した彼女がサハラを巻き込んで独自に情報収集を始めたのが原因だ。マヤが馬の合わないアビィに変な対抗心を燃やしたと言い換えてもいい。

軽口を叩き合っていると、サハラたちが脱出した建物から殺気立った男たちが出てくる。

「『陽炎の後継《フレアート》』……」

リーダー格と思しき男が、メノウを睨《にら》みつけて憎々しげに二つ名を口にする。

「……そこのガキを捕まえて穏便に出ていってもらうつもりだったが、無理か」

「あんまりうちの切り札を舐めないでほしいわね。そう簡単に捕まる子じゃないわよ」

先ほどまで消え失せていた緊張感が、一気に取り戻される。サハラたちを捕らえようとしていた男たちだけではない。他の建物からも冒険者たちが出てきたのだ。

どうやら事前に二重の包囲を敷かれていたようだ。思わぬ人数に、メノウの眉間《みけん》にしわが寄る。

「……なにしたの、二人とも」

思った以上に状況が悪かった。下手をすれば、地下街で戦闘可能な冒険者の大多数がここにいる。

「べっつにー？」

小生意気な口調で反論をするマヤはいい。十歳前後の子供にしか見えない彼女は、なにをしても必要以上に警戒されない。よっぽどの事情通で、彼女が【魔】の純粋概念を宿している異世界人にして、万魔殿《パンデモニウム》から独立した人格であるということを知られていなければ、追い回されることはないのだ。

問題は、その動きを適度に止めるべきだった相方のサハラだ。

「残念だけど、メノウ。いまは緊急事態だから、会話をしている間も惜し――」

「サハラ。あいつらの人質になれば、割と穏便に帰れるって思ってたでしょ」

「そんなこと考えてたの⁉」

メノウの指摘を聞いて、マヤが弾《はじ》かれたようにサハラに顔を向ける。

もちろんサハラは表情を崩さない。

「そんなことない。濡れ衣を着せようなんて、ひどい。マヤも私を信じてほしいふぁいふぁい！」

「それ嘘ついてる顔でしょ……！　あたしの下僕のくせに！」

言い訳の途中で、マヤがサハラの頬《ほお》を摑《つか》みにかかる。仲がいいのは結構だが、囲まれているいまの状況でしていいことではない。

「あの噂《うわさ》、本当だったのね」

言い訳を一顧だにせずカマをかけると、サハラが肩を震わせた。

「そう。やっぱり、遺跡街にいるのね——ゲノム・クトゥルワが」

閉じ込めるだけに終始するなど、ミシェルの動きが消極的すぎるとは思っていたのだ。

だがこの地下にゲノムがいるとなれば話は違うものとなる。

前々からミシェルがゲノムと協力関係にあるという噂はまことしやかにささやかれていた。

サハラとしては、未確認情報だったそれを知りたくてマヤと一緒に地下街で動いていたのだろう。そしてゲノムがいるという事実を聞きつけたあと、これ幸いと不可抗力で人質になって遺跡街には行けませんでした、という流れにしたかったに違いない。

二人の会話を聞いて、マヤが不思議そうな顔をする。

「げのむ？　誰《だれ》、その人？」

「こっちの業界の有名人よ」

ゲノム・クトゥルワ。

第三身分《コモンズ》で生まれた、怪物中の怪物だ。よい悪いの話は別として、彼は間違いなく、ここ数十年で大陸事情をもっとも変革させた人物である。

『人売り』『武器商人』『神官殺し』。

禁忌に指定される物品の違法売買を取り仕切る団体の頂点に君臨し、その商売の邪魔となれば騎士はもとより神官ですら駆逐する。ゲノムと組む神官がいるとは、第一身分《ファウスト》にいたことがあるメノウからするとにわかに信じがたかった。

自分で言うのもおかしいが、まだメノウと手を組む神官がいるというほうが真実味があるほどである。

それほどに、彼は神官を殺しすぎている。

「あれは正真正銘の化け物だった。強いとか、怖いとかとは、まったく別問題で二度と会いたくない」

東部未開拓領域で彼との戦闘経験があるサハラは、自分の右腕を撫《な》でる。

まだメノウと再会する前、サハラは『絡繰り世』でゲノムと出会ったことがある。当時、ほとんど自暴自棄になってゲノムに挑みかかった彼女は右腕を失って殺される寸前までいった。

サハラがあの時に生き延びたのは、完全にゲノムの気まぐれだ。

サハラの心を抉《えぐ》ったのは、彼の強さではない。

直《じか》に相対して戦っても、彼のことがなに一つ理解できなかったことが怖いのだ。

「前向きに考えましょう」

　メノウは、ぽんとサハラの肩に手を置く。

「ミシェルよりマシよ」

「ほんとぉ？」

　実際のところ、メノウはゲノムに遭遇したことがないので判断がつかない。それ以上は答えずにはぐらかしたメノウは、銃身が導力で形成されている導力銃を構える。

　親友であるアカリを取り戻す。

　その目的の障害がいまさら一つ増えようと、足を止める気は微塵《みじん》もない。

　いま、冒険者たちに取り囲まれている状況だって同様だ。シラカミ・ハクアに対抗する導力兵器を手に入れるために、北大陸の奥の果てまで来た。

　男たちの注意が自分に向いたタイミングで、緊張で張り詰めた空気を解くためにやわらかい声音で告げる。

「このまま、『遺跡街』まで突っ込みましょう」

『星骸』が大量破壊兵器でないことを、彼女は知っていた。

　彼女の視線の先で冒険者たちを相手に暴れているメノウたちは、自分たちの拠点であるグリザリカ王国から北大陸まで、『星骸』はハクアにもダメージを与えられる兵器であるという勘違いをもとに数週間の道のりを経てここまできた。

シラカミ・ハクアは強い。強さという尺度で測ることがおこがましいほどに、強さが突き抜けてしまっている。

「……バカな人です」

誰にも聞こえない声量で、ぽつりと呟く。口元からほんの少し漏《も》れた声は、戦闘音にかき消されて誰にも届くことはなかった。

事実とは違うものを目的として追いかけていることはもとより、なにより悪いのは、勘違いがうまく嵌ってしまうことだ。メノウたちがこのまま勘違いを続けて『星骸』の管理権限を手に入れるために『遺跡街』に入ると、厄介な事態を呼び起こしかねない。

もしも、このまま放置すればどうなるのか。

その未来を、彼女は聞き知っていた。

冒険者たちは必死になってメノウたちと戦っている。前々からゲノム・クトゥルワの名前を出して恐怖を煽っておいたのがよかったのだろう。先ほどにも増した戦闘の騒音を聞きながら、少女はメノウたちに気付かれないように毛布に包んだ教典に導力を通し、戦闘の様子を記録する。

魔導発動の速度。導力強化の度合い。好んで使う魔導。導力銃の威力。様々な要素が教典に映像として収められていく。

映写魔導は少女がもっとも得意とする教典魔導だ。発動まで驚くほどに速やかで、魔導構成の隠密《おんみつ》性が高い。布で包んでいるため導力光の発光もほとんど外に漏れることはなかった。

戦闘の最中、黒いスカーフリボンで髪をくくった少女の視線が向く。

びくりと体を震わせて、薄汚れた毛布に頭を引っ込める。年下の少女をぎゅっと抱き寄せて、怯《おび》えながらも庇《かば》う仕草を見せつけたのは、もちろん演技だ。だが、いまの彼女には見抜かれない自信があった。

果たして、正体を見抜かれることはなかった。

この地下街には、千人近い人数がいる。戦闘が可能なのは三割程度だ。その中でも使える連中といえるのは、いまメノウたちを追いかけているグループくらいなものだろう。冒険者とそれに付随する商売をしている人間が小さいながらも生活圏を構築してしまったここには、女子供も少ないとはいえ存在している。

無力な子供に交じって潜伏していた少女は、メノウたち四人の戦闘現場を撮影し続けた。やがて冒険者たちの防衛を突破したメノウたちは、奥へ奥へと向かっていく。

この地下空間の本丸ともいうべき『遺跡街』に続く道だ。

「……駄賃です」

協力してくれた親なしの子供に駄賃を渡した少女は、立ち上がって毛布を捨てる。滅多《めった》にない現金収入に快哉《かいさい》を上げる子供たちの黄色い声を背中に教典を開く。

『導力：接続―― 教典・一章四節―― 発動【主の御心は天地に通じ、千里のかなたまで征く】』

発動させたのは通信魔導だ。地上にいる上司に連絡を送ると、さほど間を置かずに返事がくる。

追跡続行、の簡潔な一言だ。

「ミシェル先輩らしいですね」

地下街に作っておいた仮の拠点まで移動した少女は、パイプのバルブをひねる。もう薄汚れた孤児のふりをする必要もなくなった。

給湯器が故障でもしているのか、そもそも取り付けられていないのか。出てきたのは冷水のままだ。こんな場所で安定したライフラインの供給は望むべくもない。水でも出るだけマシだとシャワーで汚れを落とし、本来の服装に着替える。

彼女が身に纏ったのは、藍色の神官服だ。白い長手袋を身につけ、桜色の髪を赤いシュシュで留めて二つ結びにする。そして最後に、肩回りを覆うスカーフマントを装着した。

異端審問官。

それがいまのモモの立場である。

メノウたちは『遺跡街』を見つけた。

北部未開拓領域の地下に広がる空間は、深度によって性質を異なるものにしている。

まずは北大陸の地上から地下へと下りる螺旋階段。階段のみでほぼ垂直に百メートル近く降るという長さを誇るが、あくまでもただの階段である。

それを降りきると、通路状の地下街が広がっている。多くのならずものが生活している空間には、地図がない。三次元に蟻の巣のように広がる地下通路は、案内人がいなければすぐに自分のいる場所も見失う迷宮となっている。

この二つは特徴的ながらも、常識的な空間でしかない。本来はもう少し機能的な経路だったものを、住み着いた人間たちがいたずらに拡張した結果、猥雑とした空間になってしまったのだ。

北大陸の未開拓領域で本当の意味で『遺跡街』と呼ばれるのは、地下街の果てにある。

文献上、存在するとされながらも発見の報告が確定したことはなかった地下都市だ。地下街から入り口があり、冒険者たちがそれらしい扉も見つけているが、その先に誰も入ることができなかった。誰も、巨大な扉を開けられなかったのだ。

時として閉ざされた扉が開かれ、選ばれた者が招かれるという都市伝説がささやかれている。そんな怪しい噂が事実だと、モモは知っている。

およそ、半年前。アカリを預かったモモは、彼女の隠し場所になりうると北大陸の地下に足を踏み入れた。まだ人の行き来があった地下街を通過した彼女は、『遺跡街』の中にいた存在に招かれた。

「……」

モモは目を閉じて、かつてそこを訪れた時の情景を想起する。

地下深くに形成された中心部。現存していることが奇跡に等しい巨大なジオフロントこそが、『遺跡街』と呼ばれる空間だ。

四大人災《ヒューマン・エラー》と呼称される一つ、『星骸』を管理する機能は、その中心部にそびえ立っていた。

その時にモモを招いた【使徒《エルダー》：星読み】に言われた予言が頭からこびりついて離れない。

「……ちっ」

がこん、と踵《かかと》で椅子《いす》にしている白い箱を叩く。がこんがこんと何度も八つ当たりで踵をぶつけて苛立ちをごまかしながら、モモは教典を開く。

先ほど盗撮した映像が再生される。

どうしても、戦闘の様子を記録しておきたかった。誰と戦うことになるかもわからない。少しでも勝率を上げておきたかった。

「ま、気休めですけど」

雑魚《ざこ》をぶつけたところで、力の底までは探れない。それぞれ奥の手はあるだろう。さすがにそれを引き出すのに、ここらの冒険者ごときでは荷が重い。

三原色の魔導兵であるアビィに、原罪概念の申し子たるマヤに、分不相応にも『総督』などと呼ばれているサハラに、そして他でもない『陽炎の後継《フレアート》』メノウに。

モモは食い入るように彼女たちの動きを分析していく。

導師《マスター》『陽炎《フレア》』に才能だけで神官になったと評された少女モモは、ただ勝つために、処刑人のあるべき姿を描く。

力だけでは押し切れない。

技だけでも敵わない。

意外性や悪運も、相手に味方するだろう。彼女たちは、運命的なほどに恵まれている。

騙し、籠絡《ろうらく》して懐《ふところ》に入り込み、目的を達成する。手段を選べるほどに、この世界の中で自分は強くないのだ。

それでも、その中の誰一人にも敗北することがないように集中力を高めていった。

二章　遺跡街

地下街の終着点。

冒険者たちが防備を固める最終地点で、戦闘音が響いていた。

「くそっ。ここまで押し込まれるのか……！」

「相手はたった四人だろ！」

弱気を振り払うために怒号が飛びかう。場所は『遺跡街』の一歩手前。地下街で生活をしている冒険者にとっては死守するべき一線だ。この先には、触れてはならない人物がいる。

「ふざけんな！　こいつら通したら、俺《おれ》たちがあの人になにをされるか、わかったもんじゃねえぞ！」

この先にある『遺跡街』に続く扉が開いたことに冒険者たちが気づいたのが半年前。それを知ってか、第一身分《ファウスト》が地下街の入り口を封鎖したのが、およそ三か月前。その直前、タイミングを見計らったようにしてなだれ込んできた集団が、ゲノム・クトゥルワを筆頭とした人間だ。

無機質で、情を知らず、精強だがなにを考えているか一切わからない。そいつらに比べれば、まだしも目の前の少女たちのほうが敵に回して怖くない。

だが数を頼みにするには、相手があまりにも悪かった。冒険者たちが相手にしているのは、人間ですらない。濁流のように絶え間なく襲いかかってくる魔導兵の群れだった。

「こんな程度で……！」

冒険者の一人が狭い空間で、一体の魔導兵の核を破壊する。原色の輝石が動力部になって動いている。そこさえ破壊すれば、魔導兵はひとたまりもなく停止する。

しかし苦労の末の成果に喜んでいる余裕などない。

「お、頑張ったね。えらいえらい」

健闘を称《たた》えるのは、戦場にありながらも、目を釘付《くぎづ》けにされかねない美女だ。惜しみなく褐色の肌をあらわにした、グラマラスな体つき。奮闘ぶりを微笑《ほほえ》ましいといわんばかりに称えた彼女のお腹《なか》に描かれた歯車のマークが導力光を帯びた。

「はい、追加だよ」

砕けた口調の女の褐色の肌から、巨大な魔導兵が展開される。先ほど倒した魔導兵と同個体が、二体。重い足音を立てて出現する。

一体倒したと思えば、二体増える。

終わりの見えない際限のなさを見せつけられて、なにより相手の悪さを改めて知らしめられた冒険者たちの戦意がどん底まで落ち込む。

褐色の肌。白目部分が黒く、虹彩《こうさい》が美しい単色の青でできた瞳《ひとみ》。間違いなく三原色の魔導兵だ。

魔導兵の生産者にして指揮者。人類以外で唯一の知性体。東部未開拓領域『絡繰り世』でしか出没しないとされている特殊な魔導兵だが、人類を超えた知性体として性能の高さは大陸中に知れ渡っている。

当然、強敵は彼女だけではない。

「く、そっ！」

仲間が魔導兵を引きつけているうちに妨害を潜《くぐ》り抜けようとすれば、瞬《またた》く間に展開される導力の枝に阻害される。足を少しでも止《と》めれば、狙《ねら》い澄ました銃撃だ。

下手人は、相手の中でも一際《ひときわ》美しい少女、『陽炎の後継《フレアート》』メノウである。

発動時間の短い紋章魔導で足止めをして、一発で戦闘不能に追い込む威力の銃撃で意識を刈り取る。奇抜な魔導もなく冒険者たちにも理解できる攻撃しかしていないぶん、彼女が自分たちを鍛え抜いたはるか先にいるという地力の差がはっきりと感じられてしまった。

「ふわぁ、楽でいいわ」

そして修道服を着た銀髪の少女『総督』サハラなど、後方であくびをする余裕っぷりだ。東部未開拓領域の戦線を平定したというだけあって、聖地を崩壊に導いた『陽炎の後継《フレアート》』や、三原色の魔導兵すら彼女の部下なのかもしれないと思わせるスケール感のある態度である。格の違いを見せつける振る舞いで男たちの戦意をくじく。

それでも彼らを駆り立てているのは、純然たる恐怖だ。

ゲノム・クトゥルワ。

冒険者たちと同じく第三身分《コモンズ》で生まれた例外中の例外こそ、彼女たちを敵に回してでも逆らいたくない存在だ。骨身に染みるまで恐怖が植えつけられている。

それに目の前にいる敵の布陣に穴がないわけではないのだ。

「他の三人はともかく、一番小さいのは、ただのガキだ！　そいつを狙えっ。なんとか人質にすれば――」

「ふーん？」

焦《あせ》りに満ちた怒号が飛びかうさなか、まさしく子供の声が男たちの後ろから響いた。

「子供のイタズラを、甘く見すぎじゃない？」

ぎくり、と体が強張る。前から迫る魔導兵への対処に集中していたせいで背後への注意を怠った。一瞬遅れて振り返ろうとするが、もう遅かった。

影の中から、黒髪の少女が顔を覗《のぞ》かせていた。

その瞳が、紅の導力光を帯びる。

『導力：生贄供儀――混沌癒着・純粋概念【魔】――召喚【悪戯っ子の落とし穴】』

「な、うわっ⁉」

男たちの足元の影に突然、穴が開く。すっぽりと足首まで埋まる影の落とし穴に、男たちが体勢を崩した。

落とし穴にハマった男たちに、べえっと小憎たらしく舌を突き出される。子供の悪戯じみた魔導に男たちの顔が怒りで染まるが、反撃の機会は与えられなかった。

『導力：接続――紋章・短剣銃――発動【迅雷】』

メノウの紋章魔導によって放たれた雷撃が、男たちに浴びせられる。彼らは悲鳴をあげることもできずに昏倒《こんとう》した。


結構な騒ぎになってしまったが、地下街での妨害は無力化した。

メノウは累々と重なった男たちの合間を歩いて、ぽんとマヤの頭に手を置く。

「ありがと、マヤ」

言うまでもなく一番の活躍はアビィだが、決め手となったのはマヤの妨害だ。くすぐったそうにするが、撥《は》ね退《の》けられることはなかった。

「でも、純粋概念を使っても大丈夫なの？」

「メノウだって使ってるじゃない。ちょっとくらいはへーきよ」

「……本当に？　私は質を落として使ってるけど、マヤはそうじゃないでしょう？」

しつこい念押しになってしまったのは、それだけ純粋概念という魔導が危険だからだ。

絶大な力の代償に、行使者の記憶を取り立てる。自我が保てなくなるほどに記憶を消費した末路は、魂と融合した概念に突き動かされる人型の魔導災害——人災《ヒューマン・エラー》になるしかない。

人災《ヒューマン・エラー》になる恐ろしさを他の誰《だれ》よりも知っているからこそ、マヤは断言する。

「【魔】の純粋概念は肉体も生贄《いけにえ》に捧げるから、その分、消費される記憶が少ないの。たぶん純粋概念の中でも、あたしが一番コスパがいいのよ？」

魂や精神だけではなく、肉体にまで純粋概念が癒着している【魔】だからこその特性だ。魔導発動の際に自分の肉体を生贄に捧げると、消費される記憶の量が明らかに減るのだ。

「髪とか爪《つめ》とかちょっとずつ溜《た》めて生贄にしてるから、いまぐらいならなんの問題もないわ。心配されすぎなくても、あたしはへーき」

マヤが強みとなる事実をいままでメノウたちに告げなかったのは、過去のトラウマによるものだ。

この特性のおかげで研究と称して少しずつ体を刻まれた記憶は、千年経《た》とうとも簡単に癒えるものではない。そこまでされなくとも、人災《ヒューマン・エラー》にならないのならば純粋概念を使えと強要されるのが怖かったのだ。

それでもいまのマヤは、メノウたちに自分の純粋概念の秘密を打ち明けて共有していた。ここに来るまでの途中で、メノウやサハラは自分にそんなひどいことはしないと信じることができた。

マヤの口ぶりから彼女の信頼を感じて、メノウは口元を緩める。

「マヤはいい子ね」

「なにいきなり。とーぜんでしょ」

意地を張らない肯定は、北大陸に来たばかりのマヤでは見られなかっただろう。

そうして歩いていると、通路の終着点と言わんばかりの扉がそびえたっていた。

ほとんど金属の塊にしか見えない、メタリックな扉だ。軽く叩《たた》いてみたが、どれほど分厚いのかわからないほど鈍い音が返ってくる。

「この先が遺跡街なのね」

「そだよー」

軽い肯定は、男たちの装備を剝《は》いでいたアビィのものである。小指ほどの大きさの蟻《あり》型の魔導兵がせっせと男たちの武器を分解して無力化していく。武器を失えば、目が覚めてもメノウたちを追ってくる気力はなくなるだろう。

アビィの探索結果と冒険者たちが激しく防衛していたことから考えれば、この扉の先が『遺跡街』であることは間違いない。

巨大な扉に、マヤが近づく。

「この扉は、昔からあるやつね！　緊急用の物理ルートだからいつもは閉まってるけど、あたしみたいな重要人物は登録がしてあるから――」

「開いてるわよね」

「――ほんとね。なんでかしら」

千年間、人の出入りを閉ざした扉であり、長年『遺跡街』が実在する実証を阻《はば》んでいたはずだ。メノウたちも、マヤをあてにしていた。

それが何故と首をひねりつつ、開いている扉を潜《くぐ》る。あまりにも隔壁が分厚すぎて、ちょっとしたトンネルになっていたそこを抜けると、メノウたちの視界いっぱいに巨大な街が広がった。

「うっわ」

驚きとも感嘆ともいえない声を上げたのは、サハラだった。

メタリックな扉の先には、街が広がっていた。『遺跡街』を一望できる、と言いたいところだが残念ながらメノウたちの位置では街の全貌は窺《うかが》えなかった。

あまりにも広すぎたのだ。

「ここ、本当に地下……？」

思わずメノウがさっきまで自分たちが通ってきた通路を振り返ってしまうほどに、『遺跡街』は広かった。

五階建てにもなれば高層建築物だというのが常識なメノウたちの観念を打ち壊すように、数十階建てのビルが整然と立ち並んでいる。均一に舗装された道路に、建ち並ぶ高層建築物は建材からしてメノウたちにとっては見慣れない素材でできている。

都市の中心部には人工物だとはにわかに信じがたい、巨大な塔がそびえ建っていた。

この街にいればどこにいても目に入るだろう。それほどの巨大さでもって、地面と地下天井《てんじょう》から、二つの巨大な塔が真《ま》っ直《す》ぐに伸びている。千メートル級はあろうかという二つの巨塔の狭間には、渦巻く導力光が球体となって輝いていた。そこから漏れだす導力の燐光《りんこう》が、地下都市の全域を均等に照らしだしている。

古代文明都市の残骸であり廃墟だというのに、いまの人類が住まうどの都市よりも文明が進んでいることが一目で実感できた。

なにより衝撃的なのは、地下天井だ。

いまメノウたちがいるのは地下空間だ。空は見えない。だが天井に掘り抜いた地面が剝《む》き出しになっているわけでもなければ、無機質な建材で均《なら》されているわけでもない。

地下の天蓋《てんがい》となっている天井部にも、地上と同レベルの街並みが広がっているのだ。

「ここ作った人、いい趣味してるよねー」

メノウとサハラの衝撃は、アビィが発した軽い賛辞で収まるものではなかった。

上下に広がる街並み。氷柱《つらら》が生えるかのように、地下天井から多種多様な建築物がぶら下がっている。地下という天井がある巨大な空間でしか実現できない、地上にはありえない都市構造だ。

端に位置しているメノウたちでは全容は摑《つか》めないが、屹立《きつりつ》している巨大な塔が中心部にあるとすれば、グリザリカの王都を丸ごと地下空間に収めてもまだ余裕があるほどの面積だと予想できる。

「ふっふーん、すごいでしょ！　どう、この街は。メノウたちを驚かせるために風景は秘密にしてたんだから！」

「いや、すごいけど……」

他には存在しないと断言できる衝撃的な光景に圧倒されていたサハラは、こわごわと天井に並ぶ街並みを指差す。

「あの天井にぶら下がってる建物。なんの意味があるの……？」

「天井地区のこと？　普通に人が住んだりしてたわ」

「うっそぉ？　クソデカ照明オブジェとかじゃなくて？」

「あははっ、妹ちゃんの発想、面白《おもしろ》いねっ。普通に都市空間の有効活用だと思うよ？」

「いや、サハラの言いたいことのほうがわかるわよ、私も」

目の前の風景に的外れなことを言ってしまうサハラの気持ちはメノウにもよくわかった。

上にぶら下がる街は、辿《たど》り着く手段すら検討もつかない高度にある。なによりいつ落下するかもしれない上下反転の街に人が住むという神経が理解できない。実用性ゼロの大掛かりなオブジェだと言われたほうが納得できるのだ。

「上の天井地区は、いっぱい遊び場があったのよね。ただ……」

　マヤはむむっと目を細める。

「昔は上下を行き来する気球みたいな乗り物がひっきりなしに動いてたんだけど、さすがに動いていないみたい。残念だわ」

「千年も経ってればね……というか、街並みがこんな綺麗《きれい》に残ってるほうがおかしいのよ」

　目の前に広がる街は千年近く封鎖されていたのだ。とっくの昔に建築物の耐用年数を超えて自壊を始めていてもおかしくないというのに、不自然なほどに街並みが老朽化している様子がない。

「それに、この広さ」

　サハラが手をひさしにして天井をあおぐ。

「地下を掘って広げたんじゃなくて、原色概念で空間を拡張して造ったんだ。発想がすごい」

「確かに……そうそうやれることじゃないわね」

　天井部に都市をつくるという異端さ以上に物理法則を無視しているのが、天井までの高さだ。

　メノウたちは長い階段を下り、なだらかな傾斜となっている地下街を抜けてきた。地下二百メートルもないはずの深度に比べて、『遺跡街』は天井までの高さがおそらくは千メートルを超えている。

　この『遺跡街』という街すべての空間が拡張されている証拠だ。

「原色格納空間、か」

あらゆる魔導体系の中で、おそらくはもっとも万能であろう魔導が原色概念だ。

『世界を創れる』とまで評されるゆえんは、閉鎖空間で密集した原色概念が空間を構築し始める点にある。

密室空間で原色概念の濃度を高めると、内部の空間が拡張するのだ。広がった部分はもともとある空間から位相がズレた新しい亜空間となる。

「よーするに、アイテムボックスよね。あたしの影とそんなに変わらないわよ」

日常的に原色概念が使われていた千年前を生きていたマヤに言わせれば、そういうことである。この都市は、いうなればバカでかいアイテムボックスの中に造った街なのだ。

「千年前は便利すぎて小型化が規制されてたけど、逆に建物とか固定されたものにはよく使われてたわ。部屋が広くなって便利なのよね、空間拡張って」

「アイテムボックスの延長線上で都市空間を拡張して構築するっていうのも普通の考えだよね。原色概念は最小単位で操作できるようになれば亜空間も安定して、土地開発するより圧倒的に楽だもん。まあ、やりすぎると弊害があるけどね」

長らく原色概念そのものが規制されている世界で生きてきたメノウたちと違い、マヤとアビィの二人に驚いた様子はない。ましてアビィが生まれた『絡繰《からく》り世《よ》』など、結界で閉ざされていたがゆえに原色概念で一国より広い領土が構築され、空間の拡張がいまだに続いて膨張している異界である。

　メノウたちが活動拠点にしているグリザリカ王国では徐々に原色魔導の規制を解いている最中である。

「散布してある微細導器群体《マイクロマシン》で、都市の基礎設定をしてあるみたい」

「微細導器群体《マイクロマシン》？」

「原色概念の最小単位だけで組み立てた魔導兵のこと。簡単にいうと、理論的に一番ちっちゃい魔導兵だね」

「そんなのあるんだ……」

　サハラが感心した声を上げる。

　原色概念は、三つの色から生まれる物質を基礎とした魔導体系だ。微細導器群体《マイクロマシン》がより集まって原色の輝石が形成され、さらにそれを核にして同じ色の輝石が集合することで魔導兵が発生する。

　いまのメノウたちの文明では素材として可視化された原色の輝石からしか原色魔導は扱えないが、アビィは違う。原色空間の干渉と解析は、彼女にとってもっとも能力が発揮できる領域だ。本職だと言ってもいい。

「そんな小さいものの動きがわかるものなの？」

「わかるよー。『絡繰り世』だと私たちも地区ごとで散布して空間の性質を管理しているし。微細導器群体《マイクロマシン》って、ほっとくと同色で寄り集まって原色の輝石になるから、大気中にこの濃度は人為的に制御しないとありえないね。例えば……てい！」

唐突にアビィが手近にあった壁に拳《こぶし》を叩きつけた。彼女の出力に耐え切れるはずもなく、外壁にヒビが走る。

なにやっているんだと目を丸くしているが、本当に驚くべき現象は次だった。

空中で導力光が発生して、破損した壁の箇所を埋めて補修していく。同時に、壊れた際に発生した瓦礫《がれき》も分解して消失していった。

「建材が微細導器群体《マイクロマシン》なんだよ、この都市。設計さえあれば、微細導器群体《マイクロマシン》はそれに従う形を作るから、経年劣化に耐え切ってるんだろうね。ガラスとか内装とか消耗品にしてあるから、建物のガワだけが残った廃墟になってるけど」

自動で修復、清掃される建築物。これによって千年間にも及ぶ時間経過にも耐え抜き、都市空間を残し続けたのだ。

なにからなにまで予想以上だ。これが古代文明の技術かと、メノウは感嘆の息を吐いた。

ただ『遺跡街』がメノウの予想をはるかに上回るからこそ、違和感のある飾りも目についた。下の街並みにも上の反転した建造物にも、多くの建物に真新しい赤い旗が飾られているのだ。

「マヤ。あの旗、千年前にはなかったわよね」

「うん。なにかしら、あれ」

念のためにマヤに確認したが、やはり千年前の街並みを知る彼女の知識にはなかった。

赤い布に直線的な白線で記された『繰』の一文字を掲げる旗は、この世界ではあまりにも有名だ。

「ゲノムの赤旗……」

見知らぬ街並みにある見知ったものの名称を、サハラが口にする。

まさかとは思っていた。『遺跡街』は長らく封印されていたはずだ。それが開いたと聞きつけて、いち早く占拠したのだろう。

「げのむの……うん。なに、それ?」

「有名な悪党、ゲノム・クトゥルワが占領地に立てる旗ね」

第一身分《ファウスト》が纏《まと》う藍色の神官服の対極にある、赤旗。ゲノムが第一身分《ファウスト》を殺して血に染まった神官服を掲げることから始まったとも言われている。赤旗が立てられている地域には、よほど腕に自信がある者でも迂闊《うかつ》には近づかない。第二身分《ノブレス》の騎士はもとより、第一身分《ファウスト》にすら攻め込んで教会の屋根に『繰』の赤旗が翻《ひるがえ》ったこともあるほどだ。

あの赤旗は、ゲノムが率いる武装集団の強さを誇示する象徴となっている。

一流れでも風に吹かれれば国でも迂闊に手出しをしない赤旗が、遺跡街の全域を飾り立てている。悪党の象徴ともいえる旗がずらりと並ぶ光景に、サハラの顔も青ざめていた。

「妹ちゃん、顔色が悪いけど、大丈夫?」

「大丈夫じゃない」

　アビィの問いに、サハラは即座に首を横に振る。吐き気を堪《こら》えるように口元を手を当てている様子は、本当に体調が悪そうだ。

「最悪。『鉄鎖』の時はなかったのに……」

「まあ、あの時の連中は密輪取引の最中だったからね。ゲノム本人もいなかったし」

　もう一年近くも前になるが、メノウは大陸中央部にある砂漠地帯でゲノム直属の部隊と戦闘をしたことがある。バラル砂漠で戦った武装集団『鉄鎖』は、自分たちがゲノム直属の部隊だという自覚があったからこそ、彼の象徴である旗を掲げるには時と場合を選んでいたはずだ。

　逆説的に、いまの『遺跡街』は占領的なほど赤旗を掲げても問題のない場所になっているということだ。

「厄介な問題が増えたわね」

　赤い旗が全域にひらめく様相を見れば、メノウたちを迎えうつために準備をしていたわけではないことは明確だ。

「ゲノムは、純粋にこの『遺跡街』を自分の拠点にするために、陣地を構築してたのね」

　なぜこんな不自由な場所を選んだのか、理由はわからない。

　だが『絡繰り世』から出たゲノムは、『遺跡街』を自分の本拠地にするべく直属の部下たちを集めていたのだ。メノウたちはミシェルに追われることで、その情報を集める暇もなくここまで追い立てられたことになる。

赤旗がはためく建造群から、隠す気もない殺意と戦意が飛んでくる。

この様子では間違いなく、ゲノムを核とする部隊が『遺跡街』に巣食っている。地下街にいた冒険者たちとは一線を画する武装集団だ。犯罪と名のつくあらゆる行為に手を染め、第一身分《ファウスト》や各国の騎士たちに追われながらも退けて生き抜いた悪党の生え抜きどもである。

仮にメノウたちが相手でなくとも同等の対応をされただろう。手前の地下街にいる冒険者たちを鳴子代わりに、自分たちの拠点になる侵入者を駆除しようとしているのだ。

ゲノム側は、準備万端に整えて待ち構えているようだ。地下街で脅されていた冒険者たちとは戦力もモチベーションも一段階以上は上の相手になる。

サハラがげんなりとした様子で弱音を吐く。

「赤旗の旗下にいるのって、『絡繰り世』にいた神官部隊とも戦えるような連中――」

予兆は、なにもなかった。

メノウ、アビィ、サハラ、マヤ。

周囲を警戒しつつもゆっくりと街に入った瞬間、四人がほぼ同時に襲われた。

周囲の建物からあからさまに浴びせられる殺意を隠れ蓑《みの》に、自らの存在を押し隠していた男たちが物音一つ立てずに四人に接敵する。左右の路地の曲がり角から、建物の二階から、偽装した地面の下から。あらゆる死角から出現した男たちの気配を、メノウですら直前までまったく摑めなかった。

下手をしたら、心臓まで止めて待ち構えていたのではないか。不意打ち優先で、紋章魔導どころか導力強化すら一切《いっさい》使わず強襲してきた男たちの手際は、処刑人として生きてきたメノウが感嘆するレベルにあった。

彼らが構える武器は素手――ではない。

襲撃者は、手足のどこかが導力義肢になっていた。自分の体の一部となった金属製の義肢を凶器に、貫《ぬ》き手やつま先蹴《げ》りで急所を狙う。

メノウやアビィは、それでもしのいだ。自分を狙う攻撃に驚きつつも受け止め、回避する。

だが戦闘力に優れた二人をして自分の身を守るので精いっぱいなほど見事な不意打ちだったのだ。

戦闘の心得のないマヤは、立ち尽くすしかなかった。

「――え」

まったく反応できないマヤを庇《かば》うために動けたのは、一番近くにいたサハラだけだ。

だからこそ、犠牲になった。

「ぐむァ……」

悲鳴とも苦悶《くもん》ともとれる声がサハラの口から響いた。

自分の身を守ることも放棄してマヤを助けるために覆《おお》いかぶさる形で盾になったサハラに、襲撃者は一切の同情も見せない。導力義肢の貫き手で彼女の心臓を貫き首筋を断ち切った。

サハラの体から飛び散った鮮血が、マヤの頬《ほお》にかかる。

「……」

声も出せずに目を見開いたマヤの視線が、自分をかばって崩れ落ちるサハラから、凶器となった襲撃者の導力義肢へと移った。

メノウたちは、自分たちに襲い掛かる相手を処理できていない。どちらも優勢だが、一対一の戦闘で時間を稼がれている。

マヤを救う助力は、現れない。

自分の命に迫る導力義肢を見つめるマヤの瞳が、紅い導力光を帯びた。

『導力：生贄供儀――混沌癒着・純粋概念【魔】――召喚【あなたのものはあたしのもの】』

原罪魔導の発動は、一瞬未満だった。襲撃者たちの義肢に付着したサハラの血肉が、ずるりと怪しい動きで金属内部に浸透する。

「ちッ⁉」

襲撃者たちが奇妙な声を発した。

彼らの手足であり強力な武器でもある導力義肢が、突如としてありえない方向に歪《ゆが》んだのだ。

思わぬ異常事態に、原因であるマヤから距離を取ろうとする。

だが、原罪魔導の申し子は後退すらも許さない。

「バッカじゃないの？」

原罪魔導の残滓《ざんし》にらんらんと瞳を光らせて、マヤは襲撃者たち最大の失敗を告げる。

「あたし相手に原色概念製の手足が武器とか、自殺志願者なの？」

言い捨てると同時に、襲撃者たちの導力義肢が魔物と化して反旗を翻した。牙《きば》を広げて、あるいは鋭い爪で傷つける。金属的な導力義肢から異形の生命体と変化して襲い掛かってくる自分の一部に、さしもの襲撃者たちも対応に苦慮する。

その好機を逃すメノウではなかった。

『導力：接続──短剣・紋章──発動【導糸】』

太ももにある短剣に触れ、紋章魔導を発動。導力の糸で、マヤたちに襲い掛かっていた二人を拘束する。

『絡繰り世』で人体の欠損を埋めて生まれる導力義肢は、原色概念の塊だ。原罪魔導による変質に、一切の抵抗力がない。それを知らなかったか、あるいは知っていても初動で始末するつもりだったのかもしれない。

マヤの足元に、襲撃者の手足から分離した魔物の一匹が這《は》い寄る。生命活動を停止したサハラの肉体に取りつき、肩口にある導力義肢に触れた。

『導力：生贄供犠──原罪ヶ印嫉妬・肉体──召喚【肉人形：心臓・血】』

取りついていた魔物がサハラの肉体に取り込まれて、欠損部を修復していく。原罪概念魔導によって再生した心臓が、どくんと鼓動を打った。

傷口が修復されたサハラが目をぱちくりさせる。

「……びっくりした。死ぬかと思った」

復活した彼女の反応に、マヤがへなぁっと脱力した。倒れているサハラの傍にしゃがんで、深々と息を吐く。

「はぁ……言っておくけどね、サハラ。あなた、腕だけじゃそんな長く生きていけないのよ?」

「そうなの⁉」

本人も知らなかった事実を聞かされ、サハラが慄然《りつぜん》とする。

「なんで⁉　本体がこっちになってるから、私って割と不死身じゃないの⁉」

導力義肢となっている右腕を突き出して主張するが、無慈悲に首の横振りが返ってきた。アビィも先ほどの攻撃で穴が空いたサハラの修道服を修復しながら頷く。

「サハラの魂が、あたしの作った肉体と導力義肢の間に引っ付いてるの。どっちがなくなっても、ダメになっちゃうわ」

「うん。妹ちゃんの魂、特殊だよ。原罪概念の肉体と原色概念の器の二つに繋《つな》がってないと……たぶん、一時間ぐらいで魂が消えちゃう」

「なにそれ……」

がっくりとサハラが項垂《うなだ》れるのをよそに、メノウは【導糸】で縛りあげた一人に近づく。

「さて、いろいろと聞かせてもらうわよ」

貴重な情報源だ。『遺跡街』を占拠しているゲノムについて、聞きたいことはいくらでもある。

「……」

メノウに視線を寄越した男が、無言でゆっくりと目を閉じた。違和感のある所作に、メノウが眉《まゆ》を顰《ひそ》める。

黙秘をするにしては、あまりにも静かでささやかな反抗だ。

なにをしたいのかという疑問の答えは、すぐに出た。

あっけないほどに、小さな音が響いた。

ポップコーンでも弾《はじ》けたのかという、軽い爆発音。メノウが尋問をしようとした男だけではなく、襲撃者全員の心臓の真上にある布地が鮮血に染まる。すぐさま生気が失せていく顔色を見れば、なにをしたのかは明白だ。

自決だ。

「うわ……」

サハラが顔をしかめつつ、マヤの視界を塞《ふさ》ぐ。メノウは冷静な面持ちで傷口に触れた。

条件起動式の魔導でも仕込んでいたのか、心臓が破裂していた。ほぼ即死に近かっただろう。

「訓練されてるわね。止める間もなかったわ」

「処刑人でもここまではしないでしょ……」

捕らえられた途端、全員が迷わず自決した。死体を安置したメノウは、顔を上げる。

街には、彼らが指揮下に従っていた赤旗が並んでいる。

「こうなると、どこに潜んでいるかわからないわね」

さっきのような奇襲が続くだろう。敵はまだ、うじゃうじゃといるのだ。

「でもこの街の中心になっている塔が【星読み】がいる――え?」

マヤが不意に言葉を途切らせた。

彼女は茫然《ぼうぜん》とした顔で、立ち尽くす。視線の先にあるのは、遺跡街の上下をつなげている巨大な塔だ。

「どうしたの?」

「いま、あそこで……環境制御塔で、ヤな感じがした」

メノウの問いに、マヤは真っ直ぐに環境制御塔を見つめたまま返答した。

たなびく赤旗には目もくれず、ただ真っ直ぐに中央にある塔を見つめる。

「あそこに『万魔殿《パンデモニウム》』がいる」

マヤが、言い切った。

唐突でいながら確信のこもった口ぶりに、サハラとメノウの顔が真剣なものとなる。

「へえ」

吐息のように漏《も》らされたアビィの声に至っては、ほとんど殺意に近い感情が乗っていた。

「わかるの、ちびっ子」

「たぶん、間違いない。気配がする」

マヤは、人災《ヒューマン・エラー》となった万魔殿《パンデモニウム》の体の一部が記憶を取り戻すことで独立した。魔導的な繋がりを感知しても不思議ではない。

先ほどの襲撃のこともあって、重苦しい空気が流れる。

よくない流れだ。メノウはパンと手を打って不穏な雰囲気を断ち切る。

「よし。作戦会議をしましょう」

メノウたちは、路地裏にあった背の低い建物に入った。

もちろん、どこにゲノムの武装集団が潜《ひそ》んでいるかもわからないし、いつ襲ってきてもおかしくはない。建物内が無人であることを確認して、襲撃に警戒しながら議題を挙げる。

「私たちの目的は『星骸』の管理権限よ。そのために、あの大きな塔――環境制御塔にいるはずの【星読み】と接触して、力を借りるのが目的だったわ」

状況を整理するために、メノウが現状を述べる。マヤやアビィも頷く。

当初は【星読み】探しのつもりだったが、『遺跡街』に入って対応するべきものが増えた。

事前に想定していた時から条件が変化したのだ。

「それで邪魔となるのは、ゲノム・クトゥルワと、その手下である武装集団よ」

主に先ほど襲い掛かってきた連中だ。強敵だが、常識を超える相手ではない。

「ここに万魔殿《パンデモニウム》までいるとなれば、なにが起こるかわからないわ」

たった一人、そこにいるだけで盤上を引っかき回してひっくり返す存在だ。

万魔殿《パンデモニウム》がいるかもしれないという根拠はマヤの感覚だけだが、軽視はできない。

「いても、おかしくないのは確かだよね。半年前の【世界停止】の時に『絡繰り世』の結界は緩んだから『霧魔殿《パンデモニウム》』が同じ可能性は高いもん」

四大人災《ヒューマン・エラー》の一つ『霧魔殿《パンデモニウム》』。

人災《ヒューマン・エラー》となった万魔殿《パンデモニウム》を閉じ込める霧の結界であり、千年続いた魔物たちの蟲毒《こどく》によってこの世のものとも思えないほど混沌に満ちた場所だ。

【時】の純粋概念の持ち主であるアカリが幾度も世界規模に干渉する【世界回帰】の魔導を使ったことで結界に負荷がかかり、人災《ヒューマン・エラー》の一部が抜け出すという事件が起こった。海から街に漂着した万魔殿《パンデモニウム》の小指が第二身分《ノブレス》の少女に取り憑き、彼女の望みを叶《かな》えることで甚大な被害を及ぼした。

それが港町リベールで起こった事件だ。

「うわぁ、害獣だぁ！　やっぱり原罪概念ってロクなことしないよね。駆除しちゃえ、駆除ー！」

「あたしの意識はなかったもん！」

アビィが囃《はや》し立てているが、まだ第一身分《ファウスト》の処刑人だったメノウがあの時になにより恐ろしく感じたのは、百人規模の人間を生贄にしたことでも、島を吹き飛ばすほどに巨大な魔物を召喚したことでもない。

万魔殿《パンデモニウム》に、悪意というものがなかったことだ。

利益《りえき》を求めず、道理にもそぐわず、自己の犠牲すら顧《かえりみ》みない。

ただただ、世界に対して【魔】という混沌をもたらすための一点で蠢《うごめ》くのが、彼女だった。

いくつかの偶然とマノンの意思が重なって、『マヤ』という人格を取り戻すことができた。マノンの屈折した望みに呼応したように、この『遺跡街』で万魔殿《パンデモニウム》がゲノムに力を貸している恐れがあるのだ。この世の混沌を助長する【魔】の性質と悪党であるゲノムは、著しく相性がいい。

「今回も同じような状況だと思う？」

「そりゃ、ねぇ」

不承不承《ふしょうぶしょう》、マヤが頷《うなず》く。

万魔殿《パンデモニウム》がいて、世界でもっとも有名な悪党がいる。この二つに関連性がないと考えるほうがおかしい。

精神性はともかく、マノンは能力的には第二身分《ノブレス》の少女から逸脱はしていなかった。

だがゲノムは十年近く前から悪党の頂点として恐れられている人物だ。個人の実力はもとより、組織力や資金力はマノンの比ではない。

そんな人物に、万魔殿《パンデモニウム》の力がもたらされたら、どれだけのことができるのか。

「もしかして、結構まずい状況？」

「慎重にならなきゃいけないのは確かね」

少なくとも、力押しは通用しない可能性が高い。

アカリと魂レベルで導力を相互に接続することで純粋概念【時】を使えるようになったメノウと、生まれつきの強者である三原色の魔導兵のアビィが揃《そろ》った場合、正面戦闘で負ける相手はミシェルとハクアくらいなものだ。ゲノムが遺跡街にいると聞いたところで、正面からぶつかれば負けないという公算があった。

だが万魔殿《パンデモニウム》という手札が相手に加われば、話は違う。

この世界において、彼女はもっとも厄介な性質を持つ存在の一つだ。

「マヤがいてくれてよかったわ」

事前に万魔殿《パンデモニウム》の存在を察知できたのは大きい。なにも知らずに進んでいたら、気が付かないうちに取り返しのつかない状況に陥《おちい》っていた可能性もあった。

「前向きに考えれば、都合がいいとも言えるでしょ」

話し合いが面倒だからと見張りに立っていたサハラが発言する。

「万魔殿《パンデモニウム》の討滅はマヤの目的。でしょ？」

自分の成れの果てが許せない。

そう言ってメノウたちの旅に加わったのがマヤだ。彼女が自分を取り戻した経緯を思えば、万魔殿《パンデモニウム》に対して彼女の存在はカウンターになりうる。

「環境制御塔で万魔殿《パンデモニウム》が出てきた時は、マヤを軸にして戦うわよ。あとの問題は、そこまでの道中よ」

先ほどのような戦闘を何度も繰り返すのは消耗が激しい。実際、サハラが一回犠牲になるという事態が起こってしまった。ゲノムと万魔殿《パンデモニウム》が待ち構えているだろう環境制御塔まで、できる限り戦闘は避けたいのが本音だ。

「うーん……下の街に待ち伏せがいることが問題ならさ」

アビィがガラスの抜けた窓枠から、地下天井を指差す。

天井区画には地上にも負けず劣らずの街並みが広がっている。正直、いまにも落下してこないのかと不安になる光景だ。空が落ちてくるのではと憂いた人物は、きっといまのメノウたちのような心境だったのだろう。

そんな風景にまったく物怖じすることなく、アビィは明るく解決策を提示した。

「このくらいの距離なら、飛んでいけばいいいんだよ！」

風が頬に吹きつける。

上部の建築物群は、それぞれ巨大な通路で繋がっているようだ。三次元をフルに使って構築された迷路を連想させる。

メノウたちは、アビィが出した魔導兵に搭乗していた。

ずんぐりとした楕円形のフォルムをした魔導兵が、一対の羽を高速振動させてメノウたちを乗せながら飛行していた。

「空を飛べるような魔導兵、出せたのね」

「いつも飛ばしてたじゃん。ちっちゃいの」

出し惜しみしていたのかと探りをかけたメノウに、アビィがテンポよく返答する。

「確かに、小型の蟲《むし》型のは見てたけど……」

あくまで極小なのが特徴であり、探索が強みの魔導兵だ。それをそのまま巨大化させ、メノウたち全員を乗せて飛ばせるほどの魔導兵をアビィが作れるとは思わなかった。おそらく蜂《はち》がモチーフの魔導兵だろう。胴体がもふもふしていて温かい。飛行姿勢を安定しており、乗り心地はかなりいい。強いて欠点を挙げるとすると、羽音がかなりうるさいくらいだ。

アビィの魔導兵に乗って、天井からぶら下がる街並みスレスレの高度を飛んでいく。

「それにしても、不思議よね。この遺跡街って」

「どうしたの？　あたしが千年前にいた時と、そんなに変わらないわよ」

「それがおかしいのよ」

ここの名称は『遺跡街』。あくまでも遺跡なのだ。

メノウの知識では、この『遺跡街』は文献上の存在に近かった。千年近く地下街からは金属製の巨大な扉に阻まれ、『稀《まれ》に選ばれた者が招かれる』という怪しげな噂《うわさ》が生まれるくらいだ。

メノウが実在を確信したのは、グリザリカにいた時にマヤから話を聞いてからである。

「北大陸の中央部は地脈が枯れてるのよ。どこから都市機能を維持する導力が供給されてるの？」

「そりゃ、あれじゃない？」

メノウの疑問にアビィはお気楽に告げる。

「ここ、『絡繰り世』とつながってるもん。そこから微細導器群体《マイクロマシン》が流れ込んできたんじゃない？」

今度こそ、メノウを含めた三人が絶句した。

「え？　ごめん。聞き間違いかもしれないから、もう一回聞くわよ」

魔導兵の羽音がうるさくて、うっかり聞き間違いをしてしまったのかもしれない。

むしろその可能性を期待して、メノウは問いかける。

「ここが、なんだって言ったの？」

「『絡繰り世』とつながってるよ？　私、半年前にここから出てきたもん」

ほら、と指差した先には、導力光が渦巻く巨大な球体がある。上下から伸びる環境制御塔に挟まれた中央にあるものだ。

「え？　あれ、地下都市の光源――」

「違うよ。『絡繰り世』につながる白夜の結界の穴だよ？」

「――……」

思わず、黙り込んでしまった。

ゲノム・クトゥルワ、万魔殿《パンデモニウム》ときて、『絡繰り世』だ。入ってきた情報の重要性が、あまりも度を越していた。

メノウはゆっくりと息を吐く。静かに肺から空気を出し切って、もう一度、胸いっぱいに空気を吸った。

それを一気に吐き出す。

よし、と平静になった心中で小さく呟《つぶや》く。心理状態の根っこの部分はまだ絶賛混乱中だが、とりあえず表面上は落ち着いた。

「『絡繰り世』につながっている空間って、いままでグリザリカ辺境をはじめとする東部にしかなかったわよね。いくらなんでも、東部から離れすぎてない？」

「『絡繰り世』って亜空間上ではもう大陸くらいには広がってるから、こっちで規模の大きい原色格納空間作るとね。同位相の『絡繰り世』の窓口になるの。さっきもちょっと言ったけど、それが亜空間を作る時の弊害だよ」

「へえ……」

原色空間は、この世界の空間を基準として、少しズレた場所に亜空間をつくる魔導だ。そして『絡繰り世』は、その少しズレた空間で拡大を続けて、この大陸いっぱいに広がっている。

つまり、この大陸では原色格納空間をつくれば、もれなく『絡繰り世』のどこかにつながる窓口となるのだ。

なぜ異様なほど便利な原色概念が禁忌になっているか。その理由がわかってしまった。

「だから『絡繰り世』が東部から北大陸にまで広がった時点で、『遺跡街』の空間と『絡繰り世』は繋がってたよ」

「……それだったら、ここが東部未開拓領域みたいな戦線になってもおかしくないわよね？」

「えー、そんなことするわけないじゃん」

実際、東部未開拓領域は魔導兵が大量に這い出ては人類に襲い掛かっていた。

北大陸がそんな有様になっていない理由を、にこやかにアビィが告げる。

「ここの境界線は私の管理する第十三地区と繋がってるもん！　魔導兵なんて出さないよ！」

メノウは、がしりとアビィの肩を摑む。

納得できる説明だった。言いたいことは山ほどある。

だが一番は、これだ。

「あのさぁ、アビィ」

メノウは笑った。笑顔だが、見る者の心胆を寒からしめる笑みだ。

「それ、なんで半年前に言わなかったの？　それでなくとも、グリザリカを出る前に言おうって、思わなかった？」

「聞かれなかったし、私、『絡繰り世』横断するよりこっちで旅をしたいからぎゃん！」

頭に思いっきりチョップを入れた。頭を押さえるアビィを冷ややかに見下ろす。

「そーいうことを話さないから信用がないのよ」

「ごめんってばぁ……ていうか、わざわざ言うほどのことだったの？　『絡繰り世』と『遺跡街』が重なってるのなんて、もう五百年くらい前からだよ？」

「それが大事件じゃなくてなんなのよ！」

よくよく考えてみれば、半年前にアビィと出会った場所と時期がおかしいのだ。

東部から出てきて、北大陸に来るには少し早い。不可能ではないが、人類社会に慣れていない魔導兵が一直線に最短ルートを取れるはずがない。

北大陸で出てきたアビィが、サハラの気配を感じて直行したからこそ、あのタイミングでメノウたちに出会うことができたのだ。

「まあ、いいわ。これでミシェルの問題が片付いたから」

「え？　もしかしてメノウちゃん、帰り道にうちに来るつもり？　いやん、おねーさん、ちょっと恥ずかしい――」

「なにか、文句あるの？」

「――はい、ないです……」

さっきと同じにっこりと笑顔で圧をかけると、すごすごと引き下がった。

「そんなに怒らなくてもいいんじゃない、メノウ。考えようによっては、問題が一個、解決したんだし」

問答が終わるまで後ろで傍観していたサハラが言葉を投げかける。

「そうね……悪いことだけじゃないから逆に腹立たしいところがあるのよ」

地下から脱出する出口にミシェルが陣取っているのが問題だったが、ここがアビィの地区につながっているなら話は別だ。『絡繰り世』を通って、東部の境界線からグリザリカへと帰還すればいい。

「味方だっていうなら、先に話してほしいのよ。いま乗ってるこれだって、そう。こんなのがあるなら、北大陸でミシェルから逃げる時にも出してほしかったわ」

メノウは自分たちが乗っている魔導兵の機体を撫《な》でる。地形を無視できる分、列車とは比較にならない。主に移動に使っていた八脚蜘蛛《ぐも》と比べても格段に速いスピードだ。

「それは嫌だなぁ。外だとあんまり飛ばないようにしてるんだよね。長時間は特に控えてるんだ」

「ん？　どうして？」

「危ないからだよん」

あっけらかんとアビィが答える。

「私の蟲型って、自由自在に飛べるじゃん？　だから飛行型作る時も蟲型の魔導兵をおっきくすればいいかなぁって思ってたんだけど、なぜかうまく飛ばないいんだよね。人を乗せる大きさだと、羽ばたくのって効率悪いみたい」

「え……でも、飛んでるわよね？」

「うん。すごいでしょ！　これとか、弟たちからは『逆になんで飛べてるのかわからん』って不思議がられてるくらいだよ」

アビィを除いた三人は顔を見合わせる。そんな危ない飛行魔導兵に、メノウたちはなんの忠告もなく乗せられていたらしい。単独でなんで飛べるのか不思議と言わしめる飛行物体に、四人も乗って大丈夫なのか。

不安に駆られる三人を励ますために、アビィが明るい笑顔を浮かべる。

「そんな不安そうな顔をしないでよ。おねーさんが作った【熊ン蜂】くんは頑張って飛んでくれると信じてるよ！　ほら、もうちょっとでぁッぶぅ!?」

ぼん、と音を立てて弾け飛んだ羽根の破片がアビィの顔面に命中した。

人を乗せて飛行する揚力を生むための高速振動に対して、脆弱《ぜいじゃく》性を抱えた根元が耐えきれなかったらしい。当たったのがアビィで幸運だ。高速振動をしていた羽根には、他の三人ならそれだけで重傷を負うような運動エネルギーが秘められていた。

「おおう」

メノウたちがあ然としているうちに、ダメージを負ったアビィがよろめく。操縦者の意識が途切れたことで、機体が完全にバランスを失う。墜落は免《まぬが》れなさそうだ。きりもみ飛行で振り回される前に、メノウは立ち上がった。

千メートルを超える高高度からの軟着陸か、なんとかして数十メートル上方にある天井部の建物にぶら下がるかの二択だ。

『導力：接続――短剣・紋章――発動【導糸】』

メノウはサハラに、導力の糸を精製した短剣を投げ渡して目配せをする。彼女も心得たもので、導力義肢となった右腕を差し出した。

メノウはサハラの義手に足を乗せる。

『導力：素材併呑――義腕・内部刻印魔導式――起動【スキル：導力砲】』

導力砲を放った反動を使い、サハラが思い切り腕を跳ね上げた。

メノウたちが選んだのは、氷柱のようにぶら下がる建築物の一つに到達することだった。

サハラの力を利用して、メノウは大きく飛び上がった。二人の能力を合わせた大ジャンプだが、一際長く建造されているビルまで、まだ少し距離が足りない。このままでは【導糸】で繋がっているサハラとマヤごと真っ逆さまだ。

メノウは短剣銃の銃口を、下方に向けた。

『導力：接続――不正共有・純粋概念【時】――発動【劣化加速↓導力弾】』

下方に発砲する反動で、大きく上へと跳ね上がる。一番近い建物の底面まで、あと一歩。

『導力：接続――短剣銃・紋章――発動【導枝】』

短剣銃から、導力の枝が広がった。メノウの導力操作に従い、そこらではためいている赤旗に絡《から》みつき、跳躍から落下に移って重力に囚われる寸前の体を支える。

ぶらん、と体が揺れた。サハラたちも、短剣を通した【導糸】に摑まって落下を防いでいた。

「こんなことになるなら、あたしが飛べる魔物を召喚すればよかったわ」

「それよね」

今回ばかりは反論はない。安堵《あんど》に肩の力を抜きながらも、メノウは【導糸】でサハラたちを引き上げる。

「ぎり、ぎり……あ」

そして、最後の一人。

「おねーさんは大丈夫だから、環境制御塔でまた会おうねぇぇぇぇぇ――」

アビィは、見事に落下していた。

見る間に豆粒以下になって視界から消え去る。引き上げられたマヤが、ちょいちょいとメノウの裾《すそ》を引っ張る。

「なんでアビィは助けなかったの？　メノウもあいつのこと、そんなに嫌いだった？」

「……いや、自力でなんとかなるかなって思ったのよ」

他意はない。さっきのやり取りの腹いせなどでは断じてない。

万能のアビィも単独での飛行はできなかったらしい。

だが、さほど心配はしていなかった。

「それに、まあ……落ちても平気でしょ」

はるか下の地上で、勢いよく墜落した音が聞こえた。

上空からアビィが落下した地点には、もうもうと土煙が立っていた。

頑丈に造られている遺跡街の構造物にも限度はある。アビィが落下した衝撃に大通りの路面がめくれて、ちょっとしたクレーターができていた。

その中心で、アビィはむくりと起き上がる。

「うーん……。見事に無視されて、おねーさん悲しい。メノウちゃんからの優先順位が低いなぁ、私ってば」

服を軽く叩いて埃《ほこり》を落とす。千メートル近い落下の衝撃を受けながらも、彼女の褐色の肌に傷はない。

「久しぶりですね、アビリティ」

アビィに声をかけてくる人影があった。藍色の神官服に身を包んだ、桃色髪の少女だ。

おお、とアビィは顔を輝かせる。モモである。彼女とアビィは、メノウたちと出会う前に知り合っている。

「どうですか、ここまで来て」

ふるふると首を振って、悲しげな視線を向ける。

「もっと引き留めてほしかったのが本音だよぉ」

「どーでもいいです。お前に聞いたのは、そんな感想じゃありません」

手を引っ張って乱暴にアビィの体を引き起こす。謝意の敬礼をすると、顔をしかめられた。

「たぶんね。大丈夫だと思うよ。だけどさぁ」

アビィは不機嫌に目を細める。

「環境制御塔にアレを持ち込んだの、モモちゃんだよね。なんのつもり？」

「私が？　まさか」

威圧感を込めたアビィの問いをモモは否定した。白いキャリーケースを椅子にして足を組む。

「世界を滅ぼす方法を実行できかねないお前に、とやかく言われることじゃありませんよ。それで、どうするんですか？　この大陸を半年間、見て回った感想は？　半年前に会った時の取引は、お前の役に立ちましたか？」

「んー……それは感謝してるけどさぁ」

アビィは半年前にモモと取引をした。それは大いに役に立った。アビィが『絡繰り世』から出た後の行動の指針になったくらいだ。

「お前が答えを自覚してないなら、もう少し経てば面白いものが見れると思いますよ。それまで一緒に行動しませんか、アビリティ」

迷いを抱えるアビィに、モモはそう提案した。

はるか下方に広がる街並みを足元に眺めながら、少女たちは空を歩いていた。

『遺跡街』の天井《てんじょう》に広がる街に着いたメノウ、サハラ、マヤの三人である。

彼女たちが歩いているのは、下に向かって伸びていくく建物を繋げるチューブ状の通路だ。素材が透けて下の街が見えるようになっている通路にはなんの障害もない。敵が潜《ひそ》む物陰もないため、必要以上の警戒もいらなかった。

地上から天井の街を見ていたのとはまた違う、不思議な気分だ。空を歩いている気持ちを味わえる。間違いなく、そう感じるように設計された幻想的な空間に、サハラが一言。

「こっわ。落ちそうで嫌だわ、これ」

素直な感想に、メノウは苦笑する。

「確かに、足元が抜けるんじゃないかって不安になるわ」

「へーきよ。サハラはともかく、メノウも原始人みたいなこと言うわよね」

「ここまでの文明の差を見せられると、なんにも言い返せないわ」

メノウたちがたどり着いた『遺跡街』の天井区画には、大小様々なビルが氷柱《つらら》のように建造

三章
【星】の抜け殻

されている。天井部分を基礎として、下へと階層を増やしていく作りだ。民家サイズのものもあれば、数百階はある超巨大ビルが下方に突き出していたりもする。

千年の昔に無人となった遺跡でありながらも、遠い未来に実現できるかもという夢想を掻《か》き立《た》てられる。自分たちの過ごす導力文明がどれだけ発展すればこれだけの都市を構築できるのか。メノウには想像もつかない領域にあった。

ただ、メノウたちはのんびりと観光をしに来たのではない。

「疲れた……」

天井区画に着いて、数時間は歩いただろうか。まっさきに弱音を吐いたのはサハラである。

とはいえ、情けないとはメノウも思わなかった。

「そうね。さすがに、長いわ」

言いながら、疲労が溜《た》まっている太ももを軽くさする。

『遺跡街』の天井区画は、あまりにも広すぎるのだ。

表面積的には下の街と変わらない。だが建物同士が透明な通路でつながっている構造は、ほとんど三次元的な迷路である。都市構造に上下空間をふんだんに使っているため、下に広がる街よりも複雑さが増している。慣れれば便利だろうが、初見で迷わず目的地にたどり着くのは困難だ。

天井都市に着いたメノウたちが武装集団と遭遇していない一因が、この複雑さにある。

下の街並みは発展していようとも、既知の都市構造の延長線上にある。環境制御塔まで続く主要な道路を見張っていれば、メノウたちを発見することは決して難しくない。

だが天井区画に広がる都市の構造は、彼らにとってもまだまだ未知の領域なのだ。どこをどう通れば環境制御塔につながる通路となっているのか。まだ遺跡街を占拠して数ヶ月程度しかないゲノムたちでは把握しきれていないのだろう。

だが、彼らと違ってメノウたちにはこの都市の基本的な構造を知る者がいた。

メノウはちらりとサハラの肩の上に視線を向ける。

「だいぶ歩いたけど、あとどのくらいかかるかわかる？」

マヤである。

サハラに肩車している彼女は千年前に生きた人物であり、この都市が稼働している現役《げんえき》時代に自身の活動拠点の一つとしていたらしい。事実、いまの時代の人間には理解不能な都市構造にも戸惑うことなくメノウたちを先導していた。いまは『駅』とされる一際《ひときわ》大きなビルが周囲の建物を繋げる中心地と中継地点を兼ねた建造物となっていると聞いて、その『駅ビル』を目指して建物を渡り歩いている最中だ。

「よく考えてみれば、わかんない」

案内人からのまさかの発言だった。メノウたちは、きょとんと目を瞬《しばたた》かせる。

「どういうこと？」

「あたしがいた時には導力列車とか空中遊覧ができる導器が通ってたの」

「列車……！　どこ!?　座っているだけで目的地に到着したい……！」

「落ち着きなさい、サハラ。動いてるわけないでしょう」

「うん。動いてた昔は入り口から、どこを目指しても一時間もしないうちに着いたの。こんな長いこと歩いて行ったことなんてないから、わかんない」

古代文明期は現代より発展した文明だったのだ。これだけ広い街で、移動手段が徒歩のみのはずがない。建築物は保全されているというのはアビィが実演で説明してくれたが、精密な導器の塊である導力列車はその限りではないはずだ。

「というか、いま歩いてるところとか、線路だったわよ？」

「ここが？」

レールもないつるつるした空間に列車が走ると言われても、メノウの常識とは少し違いすぎて想像しにくい。

半日歩いて、まだ道半ばだ。もしマヤの案内がなければ正しい道を探すだけで数週間単位、あるいはもっと時間を費やしていてもおかしくない。

結局は一際大きな『駅ビル』の天井部に近い階層で休憩することになった。

「ここまで来たら、明日はちょっと楽になると思うわ」

「そうなの？」

「うん。遺跡街にある駅ビルって、天井区画の主要幹線が通ってるの」

マヤの説明によると、いまメノウたちがいる『駅ビル』と呼ばれる大きな建物は、地下天井のさらに上部空間に通された主要幹線の導力列車で経路がつながっているらしい。区画の中心部となっている駅ビル同士の行き来を簡便にして、そこを中心に細かい通路をつなげて一つの地区を作るのが、この天井区画の基本設計なのだという。

「だから、ここの駅ビルから列車が通っていた線路を歩いていけば環境制御塔がある駅まで辿《たど》り着くわ」

「よかった……ここを捜索、探検してマッピングなんてことにならなくて」

サハラが心底、ほっとしたと肩の力を緩める。

ここに来る前の地下街でもやっていたが、時間と労力がかかるのだ。

蜘蛛の巣のように張り巡らされた通路でつながる『駅ビル』を中心とした建造物の群れにしても、下手をしたら一つの町が収まりそうなほど範囲がある。隅から隅まで探索しようとしたら、時間が年単位であっという間に溶けていくだろう。

「どっちにしろ、夜になって灯《あか》りが落ちたら移動も難しいわ。区切りにはちょうどよかったわね」

地下空間でありながら、時間がわかる理由は簡単だ。

メノウはガラスが抜けて空洞となった窓枠から、街の中心部を見る。

「『絡繰《からく》り世《よ》』への入り口が、光源代わりになっているわね」

環境制御塔の中央部にある、巨大な光源の光が夕日の色に変化している。

『遺跡街』に入った時は明るい白色だったのが、時間の経過とともに光量を落としているのだ。マヤも興味津々に渦巻く導力光を眺める。

「あそこ、『絡繰り世』につながってるのよね」

「みたいね。アビィが出てきたのはアカリが【世界停止】した時だとは思うけど。……マヤは、ここに来た時に変だって思わなかったの？」

「だってあそこ、もともとは導力で作った人工太陽があったもの。見た目がちょっと変わってたけど、形がほとんど同じだったのよね」

「ああ……」

マヤが言っている魔導に心当たりがあったメノウは、なるほどと頷いた。

「原色の【太陽】は原色概念の大魔導だし、それがあったことが原因でつながった可能性もあるわね」

「あれを通った先にアビィの作った地区があるって言ってたけど、どんな性質してると思う？」

「さぁ……前に行った時はアビィの地区には入らなかったし」

「というか、『区長』って基本的にあんまり自分の地区に人を入れたがらないっぽい。なんでかしら」

導器と違って魔導に関してはなまじ知識があるため、遺跡街の構造よりも話が盛り上がる。

休憩の準備のため、マヤが自分の影に手を入れて缶詰を取り出す。

マヤの影は異界に繋がっている。正しくは、原罪概念によって肉体が構成されると、影が自分の一部となって操作できる異界になる。操作して固めることで武器にもできれば、平面に張り付けて奥行きをつくって収納スペースにすることもできる。

大きさは、せいぜいマヤが二人分入る程度だ。メノウも緊急回避のために一度だけ中に入ったことがあるが、お世辞にも居心地がいい空間だとはいえなかった。

途中途中でマヤが疲れるとおんぶをしたり肩車をしたりということになったため、二人の疲労度が高くなっている。特に途中で疲れたマヤにねだられて長時間の肩車を続けさせられているサハラの疲労は濃い。

「マヤ……明日はサハラの影の中に入れば？」

「ヤよ。サハラが荷物を詰め込んでるせいでスペースがあんまりないもの。そんなことより、どうするの？」

食事の準備を始めると、どうやら明日もサハラを自分の運搬役にする気満々のマヤが今後の方針をメノウに尋ねる。

「明日、か」

短剣で缶詰の蓋《ふた》を開けながら、メノウは考える。何事もなければ明日には環境制御塔に到着するが、その後の戦闘は避けられないだろう。

「環境制御塔がどうなっているかしだいね。あそこにすんなり入って【星読み】を見つける、っていうわけにはいかないでしょうし」

「占拠されてるんでしょうね、どーせ」

缶詰の中身を指で摘んで口に放り込んだサハラが投げやりに言う。

ここまでは天井地区の複雑さゆえに遭遇することはなかったが、環境制御塔に到着するとなると話は違う。

間違いなくゲノムはあそこを拠点としている。『絡繰り世』で活動していたゲノムがあの出入り口を抑えているのは確実なのだ。

「そもそも、ゲノムの目的がよくわからないのよね」

彼は悪名高い人物だが、逆を言えばメノウと対立する理由がない。

どちらかといえば、第一身分《ファウスト》と反目し続けた人物だ。ある意味、いまのメノウたちとは利害の一致で協力関係が結べてもおかしくはない。単純にメノウたちが入ってきたから撃退しにかかってきた、というには、最初の襲撃が過激すぎる印象がある。

「導師《マスター》つながりじゃない？」

缶詰二つ目にとりかかり始めたサハラが、あっさりとした予想を口にする。

ゲノム・クトゥルワと導師《マスター》『陽炎《フレア》』の確執は有名だ。ゲノムの取引を何度も壊滅に追い込んだ処刑人であり、『陽炎《フレア》』にとっては「史上最多の禁忌狩り」である彼女の生涯で数少ない取り逃した標的だ。

「ゲノム・クトゥルワが導師《マスター》を恨んでたのは有名だし、メノウが『陽炎《フレア》』の弟子なのも有名。『陽炎《フレア》』の弟子が来た、じゃあ殺そうとゲノムが思ってもおかしくないわね。つまりいまゲノムが敵に回っているのは、メノウが悪い」

「それも否定はできないけど……」

いまいち納得できないと首をひねる。

どちらかと言えば、『絡繰り世』の入り口になる穴が、この『遺跡街』にもあるという事実のほうがメノウの頭に引っかかっている。ゲノムは長らく『絡繰り世』にいた。そこから出てくることがなく、彼も『絡繰り世』に囚われ封印されていると揶揄《やゆ》されていたほどだ。

アビィが出てきたように、ゲノムもあそこの穴から出てきたのではないだろうか。

だがそれが何を意味するかの結論を出すより先に、サハラが話題を変える。

「で、下にいるアビィはどうするの？　あの人、落ちたままだけど」

「あいつがいないのに、あたしたち三人だけで行くの？　目指してる場所だけはわかってるからあとで合流できると思うし、それならそれでいいんだけど」

「そうねぇ。偶然なんだけど、うまくいけばアビィと上下で攻めることができるのよね」

環境制御塔は見る限り唯一、『遺跡街』上下を物理的に繋げる連絡路にもなっている。上にいるメノウたちと下にいるアビィとで同時に攻めることができる。

「なんとか連絡、とれないかしら」

教典があれば話は楽だった。通信魔導で互いの行動を報告しあえる。それでなくともアビィが蟲《むし》型を連絡用に送ってくれればいいのだが……千メートルを超える高度となると、あのサイズを飛ばすのは難しいのかもしれない。

考えていると、サハラがいないうちに、伝えたいことがある」

「メノウ。アビィがいないうちに、伝えたいことがある」

「なに？」

マヤに聞こえない音量で、サハラがメノウの耳元でささやく。

「ここに来る直前に、アビィが言ってたの。メノウが『【時】を使ってくれた』。それと『くだらない世界を滅ぼすために』って」

「……どういう意味？」

「さあ」

サハラは肩をすくめる。二人のやり取りをサハラが見咎《みとが》めた。

「なぁーに二人でこそこそしてるの？　いやらしい」

「アビィの悪口。私、あの人が怖いの」

「いいんじゃない？　あんなポンコツ、頼りにしないでも」

「マヤも頼りにしてるわよ。環境制御塔に万魔殿《パンデモニウム》がいたら、あなたがいないと話にならないもの」

「別に……慰めてほしかったわけじゃないんだけど？」

そう言いつつも、やはりアビィへの対抗意識があったのだろう。口元がちょっと満足げだった。

サハラがわざとらしく目を見張る。

「メノウもすっかり大人になっちゃって……昔は感情ない子供だったくせに、ちゃんと慰めるタイミングを摑《つか》んでる」

「いや、昔からあったわよ。感情くらい」

「絶対、嘘《うそ》。昔はなかった。導師《マスター》の言葉に頷《うなず》くマシーンだった」

「へー？　そうなの？」

「そうそう。昔のメノウはいつも無表情で、スンって感じの子供だった。そのくせ警戒心はゼロの危なっかしさがあった」

「なに、『スン』って……？」

「あたしより年下な頃のメノウって、見てみたかったかも」

「見たいならメノウ専属の盗撮魔が記録を……って、前に同じような話したわ、これ」

「そうだっけ？」

　メノウは眉根《まゆね》を寄せる。盗撮魔云々はサハラの戯言にしても、確かに修道院時代は感情が希薄だった自覚はある。感情表現を習ったのはサハラが修道院を去ったあとなので、感情のない子供扱いもあながち間違いではない。

　言いたい放題されている不満に唇を尖《とが》らせて、黒いスカーフリボンに触る。

　嬉《うれ》しいという感情を覚えたのは、このスカーフリボンをもらった時だ。もらえるとは思わなくて、そう。

　なぜ、嬉しいと思ったのだろうか。

「……？」

　そういえば、このスカーフリボンを誰《だれ》からもらったのかを思い出せない。つじつまの合わない記憶の齟齬《そご》に、思考にノイズが走る。もどかしさに胸がかき乱される。

　ぎゅうっと胸元の服を強く摑む。

　記憶の欠損に自覚的になって以来、たまに起こることだ。もしかしたら、地下に降りる前にハクアを吹き飛ばすため純粋概念を使った時に失った記憶なのかもしれない。あとで、日記で確かめればいいだろう。首を振って、現状と関係ない余計な思考を振り落とす。

「マヤ。【星読み】について、改めて教えてくれない？」

「いいわよ」

　頼られるのが嬉しいのか、マヤがちょっと嬉しそうになる。

「【星読み】は、環境制御塔をコントロールするために我堂《がどう》が造った魔導兵よ。いい子だけど、意思がないの」

　一言目から、意外な内容だった。

「意思が、ない？　魔導兵なのに？」

「うん」

　頷いたマヤは複雑そうな顔をする。

「我堂が人災《ヒューマン・エラー》になる前と後じゃ、人型の魔導兵って明確に違うの」

【器】の純粋概念、我堂蘭。彼女は多くの導器を開発したが、知性体と呼ぶべき存在は生み出さなかった。

　マヤにとって、【星読み】は人型をした機械だ。人並みに動けるし会話の受け答えもできたが、決められた反応以上のものはなかった。あくまで『星骸《せいがい》』の制御のための機能をしていたのだ。

　マヤの説明を聞いて、メノウも理解する。

「魂がないのね」

「そう、それそれ」

　肉体、精神、魂のうちの一つが欠けている。すなわち、生命の定義から外れているのだ。

　自立した思考能力を持つ生命体ではなく、機能を持った導器でしかないのだ。

「【星読み】は、なんの機能を詰め込まれたの？」

「全部」

マヤの返答は簡潔だった。

あまりにも簡単すぎたからこそ、内容を把握しかねた。

「全部って？」

「だから、全部。全盛期だった時の北大陸中央部の、全部の機能」

数秒、メノウとサハラの思考が止《と》まる。

それがどれだけの広範囲にわたるか理解して、ぞっとした。

「地下都市、地上にあった都市、上空に浮かんでいる『星骸』。その主要機能の全部の処理を、【星読み】に任せていたはずだわ」

「それ、は……」

ごくりと喉《のど》が鳴る。

古代文明を体験していないメノウでも、それがどれだけ途方もないことか、想像できる。あるいは、想像できないほど途方もないことだと理解できる。

それを【器】の純粋概念は、一人で作りあげた。

ただ力が強大なわけではない。ある意味では、都市を一つ消し飛ばすことができる人災《ヒューマン・エラー》よりもよほど並外れた能力だ。

「それって人型に収まるの？」

「無理よ？」

導器は出力が高く、多機能になればなるほど規模が大きくなる。

さすがにさっき言った機能を人型サイズに押し込めるのは無理だと、マヤは環境制御塔を指差す。

「だから【星読み】は環境制御塔と繋がっているの。あの環境制御塔そのものが【星読み】で、人型部分は……なんだろう。我堂の趣味？」

「趣味って」

「だってそうなんだもん」

メノウの反応に、マヤが頬《ほお》を膨らませる。

「我堂が人災《ヒューマン・エラー》になってから生んだ魔導兵は……あいつを見てれば、ちゃんと生物だってわかるけどね」

マヤは不本意そうに言う。

アビィは、よくも悪くも自分で物事を決めて動いている。自律した思考を持っているのだ。

「それより、どうする？　一応、この駅ビルって何度か来たことがあるから案内はできるわよ。遊べる場所も結構あったんだから！」

もう廃墟だけど、と付け足す。

マヤなりの冗談だったのだろう。だが、二人の反応は芳《かんば》しいものではなかった。

「あそ、ぶ……？」

メノウとサハラは交互に視線を合わせる。

おずおずとメノウが口を開く。

「遊ぶって、なにが楽しいの？」

「ごめん……私にもちょっとわからないわ」

「うっわぁ……」

マヤは娯楽という文明を知らない憐れなエンタメ後進者たちに、憐憫《れんびん》の視線を注《そそ》ぐ。

「かわいそう……。あなたたち、遊ぶっていう概念を知らないってどれだけよ。なにが楽しくて生きてるのかしら。人はパンのみに生きてるわけじゃないのよ？　義務をこなすのが人生だって勘違いしてない？」

十歳に人生を語られてしまう。マヤが口達者なことはさておいて、ここまで言われては黙っていられないとメノウとサハラは難しい表情で顔を突き合わせる。

「よく考えてみれば、遊ぶってなにかしら。なにかを心から楽しむっていう行為をしたことない気がするわ」

サハラの発言に、マヤの視線が本格的に憐れなものを見る目になってきた。

幼い頃から訓練漬けで処刑人として活動していたメノウはもちろんのこと、サハラとて修道女になってから手を抜いてサボることはしても遊ぶという行為をした思い出がなかった。

「メノウって、アカリちゃんと結構楽しそうに旅してなかった？　あれは一種の遊びと言えなくもない。バラル砂漠での水浴びとか、実質遊んでいたのかも！」

「あの時は、遊んでたっていう意識はなかったわね。話すだけで楽しかったもの。なんていうか、遊具とかおもちゃで遊ぶってことはしたことないわ、よく考えてみれば」

「うわっ、友達いるアピールとか、汚い。メノウは汚い。友達いない私に対する嫌味？」

「やかましいわよ。アカリは私の大切な友達ですけどなにか？」

「そうですねぇ。メノウさんは女遊びが達者でしたね。忘れてましたぁ！」

「人聞きの悪いこと言うのはやめなさい！」

ひそひそ話から言い合いに発展していった二人の間に、ずいっとマヤが割って入る。

「……よくないわ」

マヤは深刻そうな声を上げた。

「これは、よくないわ。エンタメのなんたるかも知らないなんて、人生の損失よ……！」

「そっち？」

完全に目的を見失っているマヤが、はっと思いついたかのように顔を上げる。

「そうだわ！　サハラ、メノウ！　映画……！　確か、この近くに映画館があったわ！　行きましょう！」

「ええ？　もう夜よ？」

「行くの！　絶対！　あたしたちが死んでも！　世界が滅んでも！　映画は不滅なんだから！」

「――ええ……？」

この遺跡街は千年前の街並みだ。微細導器群体《マイクロマシン》の保護対象ではない物品は風化する。映画館とやらも、外観はともかく内部は廃墟になっているのは間違いない。

「映画って導器で投影する映像よね。動いてるわけ、ないと思うけど……」

「万が一ってことがあるでしょ！　メノウたちみたいにエンタメの価値を知らない人がのさばってる文明を発展させるためなのよ！　崇高な使命感を持って賛同するのが義務！」

言いたい放題の王女様状態だが、マヤの言う通りこの世界で娯楽が発達していないのは事実だ。特に第一身分《ファウスト》になるような少女たちは、遊びという発想が浮かばないほどに厳しい訓練漬けにされている。

「行くわよ！　こっちの道！」

マヤのテンション上昇はとどまる様子を見せなかった。駅ビルからいくつか分岐している空中回廊の一つを選んで直進する。

首根っこ引っ摑んで強行停止させるべきかもしれないのだが、そうした場合、確実に機嫌を損ねるマヤの対処に困ることになる。

どちらが面倒か。どっちにしてもサハラに対処を放り投げるためにメノウが視線で問いかけると、首を左右に振られた。処置なしとの答えである。

「映画ねぇ……」

しぶしぶマヤの背中について歩きながら、メノウはぴんとこない顔で呟《つぶや》く。

映画という存在について、メノウたちも知識としては知っている。要するに、録音録画投影の魔導を娯楽に活用したものだ。メノウなりの解釈で噛《か》み砕《くだ》けば、劇場の舞台を映像で流しているというくらいの理解になる。

それのなにが楽しいのか、と問われるとメノウにとっては謎《なぞ》でしかない。

第一身分《ファウスト》の関係者だったメノウたちからすれば教典魔導にある映像魔導を贅沢にも娯楽に使ったものでしかない。潜入任務などで重要な証拠を記録する魔導であって、遊びに使うものではないという反発心すら浮かぶ。

「……面白いの？」

「そんな問いが出ること自体が、『私はエンタメを知らない愚かな人間です』っていう自己紹介よ！」

万魔殿《パンデモニウム》の一部でもあったマヤは、堂々と言い切る。

「感謝なさい！　心の豊かさ大貧民の哀《あわ》れなあなたたち二人に、日本からの伝道者としてエンタメという精神世界の黄金価値を教えてあげるわ！」

「そこまで言われること……？」

ちょっと文化が違うだけで、心が貧しい呼ばわりである。

だがここまでくると映画とやらが、どれだけのものなのかという反骨心も湧いてくる。

マヤの勢いに押されるがまま、メノウたちは駅から延びる空中通路を通って映画館とやらの建物に向かった。


マヤの案内で入ったのは、三階程度の高さの建物だった。

駅ビルからつながる通路を歩いて、十分程度。映画館と呼ばれる建物に一歩入ると、やはり内部にはなにも残っていなかった。

アビィが落下して取り残される前に調べた通り、街全体の清掃と経年劣化で朽ちた箇所の補修は微細導器群体《マイクロマシン》が自動でしていたのだろう。内部の装飾品の類《たぐい》は風化して清掃されたのか。がらんどうの寂《さび》しい内装になってしまっているが原型は保っている。

そんな場所でも、大きく深呼吸したマヤは目を潤ませている。

「千年ぶりの映画館の空気……！」

懐古と感動に打ち震えているいたいけなマヤの姿を見て、サハラがぼそっと一言。

「……マヤが気持ち悪い」

「なんか言ったぁッ？」

懐かしさに浸っていたはずのマヤが耳ざとく反応する。さっと顔を逸《そ》らしたサハラに代わり、メノウはきょろりと周囲を確認する。

「映画館っていっても、ここには特に、なにもないわよね」

「ここは受付カウンターだもん。こっちよ」

マヤが勝手知ったる足取りで先導する。どうやらさらに内部に入っていくらしい。

微細導器群体《マイクロマシン》のおかげで崩壊しているということはなかったが、内装の飾りはなくなっている。途中の階段や通路の様子に、寂しげな表情をのぞかせる。

「エレベーターもエスカレーターも動かない、か。ポスターもパンフレットもないし、なんにも残ってないわ。ちょっと残念ね」

「千年も経《た》ってれば、ね」

むしろ、建物がここまでしっかりと残っているのがおかしいのだ。維持システムがなければ、天井区画にあったすべての建物は落下して、下の街並みと一緒に瓦解しただろう。

「そうよね……うんっ。大丈夫！」

雰囲気だけでも感じられればいいとマヤは気合を入れ直す。

「はいっ、おまちかね！　このドアを開ければ、シアタールーム……」

明るい声でのマヤの発表が中途半端《ちゅうとはんぱ》に途切れた。

目の前のドアは、遮音のために分厚い作りとなっている。その先にあるシアタールームの中から音が漏れているのだ。

　複数人の声に、音楽と効果音が混ざり合う音響。マヤが戸惑った様子で、小さく呟く。

「これ……中で、映画が流れてる？」

　マヤも本気で映画館の機能が生きているとは思っていなかったのだろう。困惑した顔で立ち尽くす。

　この世界ではとっくの昔に失われた文化である『映画』が流れているという異常事態が示す意味は一つ。

　誰かが、中にいるのだ。

　ぴりっとした緊張感が走る。

　もっとも可能性が高いのは、万魔殿《パンデモニウム》だ。彼女は、マヤの人格をもとにした【魔】の人災《ヒューマン・エラー》だけあって、映画という概念に執着をみせていた。映画館という場所で、映画を再現するような何かを行っていてもおかしくはない。

　その場合、中で繰り広げられているのは大衆娯楽で健全な映像ではなく、【魔】にふさわしいものになるだろう。

「……」

　メノウとサハラは無言で目線を合わせた。メノウが先頭になって、マヤを挟んで最後尾はサハラが務める。三人の警戒は最高潮に高まっている。慎重に扉を開け、短剣を抜いて、中の様子を刃の金属面に映し出す。

　そこに映し出された像を見て、メノウは困惑した。

　シアタールームの内部には、床に固定された椅子《いす》が整然と並んでいる。そして前方の壁一面に広がるスクリーンに、映像が投影されていた。

　後ろからメノウの短剣に映った映像を見て、マヤが確信を深める。

「やっぱり、映画だわ。内容はちっちゃくってちょっとわからないけど……万魔殿《パンデモニウム》じゃない。本当に、普通の映画が流れてる」

「ほほう」

　映像自体は危ないものではないと知ったサハラが扉の隙間《すきま》から直接、中を覗《のぞ》く。マヤが力強く弁舌してくれた映画とやらがどんなものだという好奇心が顔を出す。

　巨大なスクリーンで、映像が躍っていた。

　四方一辺が二十メートル以上ある画面で映像が動く迫力は、メノウとサハラにとっては初体験だ。映像では海中から跳ね上がったサメが風を切って宙を飛び、第二宇宙速度で大気圏を突破しているところだった。

　きっと、千年前だからだろう。文化の違いからか、時代の隔たりゆえか。成層圏を突破したサメにレーザーを放つ攻撃衛星。それらを躱《かわ》して静止軌道上にある衛星を次々と噛み砕き、宇宙という無重力の大海原を泳いでいくサメという超展開なシーンの数々は一ミリたりとも理解できない意味不明な内容だが、フルスクリーンの映像迫力という一点だけでメノウたちを圧倒するには十分だった。

「これが、映画……？」

「え、ちょ」

初めて見る巨大な映像。全身を打って肌で感じさせる大音量。人間としての知性と常識的なストーリーを犠牲にすることで得られる正体不明の何かを提供する映像に目を奪われるメノウたちの反応に、マヤが小さく声を上げる。

そこには『映画とは物語と映像と音楽やその他諸々の要素、なにより役者の演技が複雑に絡《から》み合《あ》って昇華された総合芸術であって、これはちょっと違う』という抗議の意図が込められていたが、訂正の言葉を入れる前にシアタールームの座席の中心で誰かが立ち上がった。

「待ってたよ」

映画の音声に混ざって響いたのは、自信に満ちあふれた少女の声だ。

シアタールームを贅沢にも一人で貸し切りにしていた彼女の背後で、とうとう月まで泳ぎきったサメが月面に衝突して、巨大なクレーターを穿《うが》つ。

「時間があったおかげで、微細導器群体《マイクロマシン》を使ってこのシアタールームの再構築ができてしまったくらいだ。ボクの天才性をもってすれば、記憶からひきだした映像を投影することも難しくはないのだよ。ふふっ、マヤの喜ぶ顔が目に浮かぶぜ」

スクリーン映像の光に照らされている彼女は小柄だ。セミロングの黒髪に水色のセーラー服を着て白衣を羽織っている姿は、メノウに『迷い人』を連想させた。

やはり、万魔殿《パンデモニウム》ではない。

マヤの名前を知っている。それでいてメノウが初見の人物で『遺跡街』にいるとなると、該当するのは一つしかない。

「あなた、【星読み】……？」

「いい推理だ、メノウ君」

断定できないメノウの推測に、彼女は悠々と頷く。

「けれども甘いね。ボクは【星読み】だともいえるし、まったく違う存在だともいえる。なにせ封印されていた『遺跡街』で『星骸』を管理し続ける【星読み】とは、世を忍びハクアを欺く仮の姿。ボクが起動して選ばれた人々を招く時には、【星読み】は自動的にボクの姿を取るようになっている」

初見でありながらもメノウの名前を呼んだ彼女の肌は褐色ではなかった。瞳《ひとみ》も白目と黒目が反転していることもない。明確に、アビィたちのような魔導兵とは違う。外見上は、人間とそっくりそのまま差異がなかった。

「予言者にして救世主。世界でもっとも人から求められ続けた純粋概念にして、間違えない異世界人と呼ばれた女」

滔々《とうとう》と二つ名を並び立てて自称するという中二病真っ只中《ただなか》の人間でもあんまりやらない名乗りをしながら、彼女は仁王立ちになる。決めポーズなのか、右目の横でピースを作る仕草は堂に入っていた。

照明を落としたシアタールームの暗がりにあって、らんっと瞳に光る星型の導力光こそが、彼女を彼女たらしめる最大の特徴だ。

「ボクこそが【星】の純粋概念を宿す者！　世紀を超える天才美少女ノノちゃんだぞ☆」

空気が停止した。

四人が静止する中で聞こえる音は、月の地殻を食い破って中心核を捕食したことで光り輝き、月という天体と合体を果たした超々巨大ザメ誕生を祝って盛り上げる爆発エフェクトとＢＧＭだけだ。

「あ、あ、あん、た……」

見知った人物のふざけた言動に、マヤの体が震える。その反応をどう判断したのか。ノノと名乗った少女は歓迎の体勢で腕を大きく広げる。

「ふっ。マヤったら感動で言葉も出ないのかい。この寂しがりやさんめ！　かわいいなぁ、もう！」

スクリーンの中で、月と同化したサメが躍動する。目指す先は地球だ。自分という存在を追い立てた人類に復讐するために、青い惑星に喰らいつくべくヒレを動かし、宇宙を泳ぎ始める。

「さあっ。千年分の思いを込めて、ボクの胸に飛び込んで――」

「よりによってなんでこんなクソ映画流してるの、このバーカ！」

「――そこぉッごふぅ⁉」

月ザメが地球に衝突して人類を滅ぼしている映像を背景に、マヤの怒りのドロップキックが星崎《ほしざき》廼《の》乃《の》の腹部に炸裂《さくれつ》した。


星崎廼乃を名乗った少女は、ぷるぷるとお腹を抱えてうずくまっていた。

マヤの見事なドロップキックが命中した結果だ。いくら非力な子供の蹴《け》りとはいえ、油断しているところをお腹《なか》にきめられたら痛いに決まっている。

「か、感動の再会でいきなりなにをするんだい⁉」

悶絶《もんぜつ》から立ち直った彼女は特徴的な星型の導力光が浮かんだ瞳を涙で潤ませて訴える。

「マヤはそんな暴力的な子じゃなかったはずだ！　再会のハグはどうしたんだよう。あの三人の中じゃボクがママ担当だぞ！　家庭内暴力反対！」

「適当なこと言わないでくれない⁉　あたしのお母さんは他にいるわよ！」

事実無根の戯言に、マヤは小さな怪獣がごとく吠え返す。

「あたしの家族は立派なお母さんとちょっと変だった妹の二人だけ‼　ノノみたいな変人が家族なわけないでしょ！」

「あれ？　君って母子家庭だったっけ」

「そうだけど⁉　ていうか勢いだけで喋《しゃべ》るのやめてって前にも言ったよね！　忘れた⁉」

「い、いや、言われたばっかだから、そりゃ覚えてるけど……」

気まずそうに視線を逸らす。どうやらテンションで喋《しゃべ》り倒していた自覚があるらしい。

「そ、そもそもサメ映画のなにが不満なんだ、マヤ！　これ、サメ映画史上でもっとも予算がかかっていた作品だぞ⁉　マヤの好みに合った大作なのに！」

「全部‼　予算がかかっていようがクソ映画はクソ映画なの！　そこの初心者たちのために、もっとメジャーな大衆映画にしてよっ。いますぐ！」

「嫌だね！　ボクはサメ映画が好きだぞッ。クリエイターに属する人間が創作したはずなのに、全編通して物語に人間としての品性がまるで感じられないという冒瀆《ぼうとく》的矛盾がすごくいいと思っている！　観客を舐《な》め切った脚本に、たまーに演者の瞳に浮かぶ『なぁに、これぇ』っていう本音の色っ。制作費が高いと楽しそうに金をドブに捨ててるなぁって楽しめるし、予算が低いと作り手の創意工夫とどうしようもない限界の部分が楽しめる！　垣間見える裏事情まで含めて一粒で二度楽しいのがサメ映画だ！」

「映画は普通に楽しめぇ！」

子役として作り手側に足を踏み入れていたマヤが正論を叩《たた》きつける。

マヤにとって映画とは娯楽であり、芸術でもある。変な楽しみ方を見出《みいだ》すなという潔癖《けっぺき》さを怒りに変えて、事情が摑《つか》めないメノウとサハラを置いてけぼりにノノへまくし立てる。

「てか千年前だって、ノノがしっかりしてれば起こらなかった事件でしょ！　それが、実は生きてましたぁ⁉　むしろガッカリよ！　どう責任とるつもりなの⁉」

「どうどう、落ち着いて、マヤ」

「うん。私たちには事態がさっぱり理解できない」

蹴り一発では飽き足らず怒りの鉄拳を振り下ろそうとしたマヤを、サハラが羽交い締めにして落ち着かせる。

メノウとサハラの立場からすれば、ノノは知らない人だ。会話内容からしてハクアやミシェルと同じように千年前の知り合いだということはわかるが、マヤの激昂《げきこう》する理由が謎である。

「こいつ！　こいつが【星】の純粋概念！　星崎廼乃！」

「へー？」

指を差しての激しいマヤの主張に、サハラは首を斜めにする。ぴんと来ていないのだろう。

マヤから四大人災《ヒューマン・エラー》の背景を聞いていたメノウは内心の驚きを抑えつつも、彼女を宥《なだ》めにかかる。

「まだ本物と決まったわけじゃないわ。もしかしたら偽者がマヤの知り合いのふりをしているだけかも。でしょ？」

「そうね。そうよね」

メノウの言葉に一理あると認めたマヤが、ふうっと深呼吸。ぎろりと自称ノノを睨《にら》みつける。

「あんたが本物のノノだっていう証明はできるの？　ハクアにやられて割と感動的に死んだはずのノノのフリをした魔導兵じゃないって言い切れる根拠は？　もしそうだったら、あたしの知り合いのノノは、こんなふざけた人物じゃなかったかもしれないっていう希望が残るんだけど。ぜひ偽者であってほしいんだけど？」

「疑うね。この目こそがボクの証明さ！　と言いたいところがけど、わかった。ボクとマヤしか知らないことを話そう」

まだドロップキックのダメージが残っているのか。よろよろと立ち上がった白衣の少女が、胸に手を当てて思い出話を語り始める。

「あれは、君が白亜《はくあ》に助けられてボクたちに紹介された夜だったかな。君はまだまだこの世界に怯《おび》えるかわい子ちゃんだった。せっかくの個室が与えられたのに、一人は怖いって泣きべそかいて白亜に抱きついたまま一緒のベッドに――」

「なんでそれノノが知ってるのよぉ！」

「サハラ。マヤを押さえててもらえる？」

「はいはい」

証明すべき当人がいない恥ずかしエピソードに、サハラに抱え込まれていたマヤが再び暴《あば》れ始める。ここで中断されると話が進まないので、サハラに拘束を続行してもらった。

「ふっふっふ。この天才美少女ノノちゃんに隠し事ができるものかね。他にも色々と知ってるぞぉ？　ボクはね、マヤ。他人の恥ずかしい秘密を握って優越感に浸るのが好きなんだぜ！」

「離しなさいサハラぁ！　いますぐ原罪魔導でこいつをなんにも喋れない肉の塊みたいな生き物にしてやるんだからァ！」

「言うほど恥ずかしくないから、落ち着いて。今度一緒に寝てあげるから」

サハラが本気で純粋概念【魔】を行使しかねない勢いで荒ぶっているマヤを宥める。ここまでマヤが怒りくるっているとなると、先ほどの内容は真実だったのだろう。

その二人をよそに、メノウは全力で頭を回転させていた。

星崎廼乃。【星】の純粋概念。四大人災《ヒューマン・エラー》『星骸』。ハクアに従っているはずの【使徒《エルダー》：星読み】。それらがどうつながっているのか。結論を出す前に、ノノがやれやれと首を振る。

「ジョークでも原罪概念はやめてくれたまえよ。なあメノウ君。君もそう思うだろう？」

「……本物なのね」

千年前の生き証人が増えたと、メノウは鋭い視線を向けた。

サハラは珍獣を見る視線を向けている。マヤのドロップキックのインパクトで驚きが吹っ飛んでしまっているのだろう。だがメノウはむしろ、彼女に対する警戒をこれ以上ないレベルに引き上げていた。

確認するべきものは確認しなければならない。

なぜメノウたちを待ち構えていたのかが重要なのだ。

「いま私たちが置かれている状況もお見通しかしら。【星】の純粋概念さん」

「もちろん。このボク、天才美少女ノノちゃんに見通せないことはないからね」

軽いジャブにと叩きつけた問いに、ノノは不敵な笑顔を浮かべる。

なにを言うのか。メノウは気持ちを引き締める。

ふざけた言動をとっているが、彼女は【星】の純粋概念の持ち主だ。ハクアが拠点としている聖地の心臓部『星の記憶』にまつわる純粋概念の持ち主であり、四大人災《ヒューマン・エラー》『星骸』にも関《かか》わっている。しかも彼女自身が【星読み】であることを認める発言もしていた。なんらかの方法で千年生き延びている、いわばハクアの同類である。

メノウの緊張を知ってか知らずかノノは満面の笑みで天井を指差す。

「ここまで歩いてお疲れだろう？　上の階にふかふかのベッドと稼働するシャワールームを用意してあるから、ボクに感謝してゆっくり休みたまえ！　明日に備えて休むといいぞ」

「そ、そう……」

思いの外ずれた返答だが、ありがたいことは確かだ。当初はそこらへんでマントにくるまって寝っ転がる予定だった。固い床で就寝するのとやわらかいベッドで寝るのとでは大違いである。歓迎ムードのノノが先導して、シアタールームを出てぞろぞろと連れ立って上の階に移動する。

階段を上っている途中で、ノノがしげしげとメノウの顔を見る。

「ほんとに白亜にそっくりだね、君」

「そう言われても、うれしくないわね。私、あいつの複製体らしいから似てて当たり前だし」

「そうかい？」

苦々しい顔つきのメノウを見て、なぜか嬉しそうに顔を寄せてくる。さっきのマヤとのやり取りを見れば性格が厄介な方向に拗《こじ》れているのは明白だ。

「……そんなことより、私たちを待ち構えていたのは、なんで？」

「おや、知っているだろう？　ボクの未来視を！」

話しながらの移動で、ノノが用意していた部屋に到着。本当にキングサイズのベッドが用意してある。ここにいる全員が寝っ転がっても余裕の大きさだ。

ノノはそのベッドに腰掛け、足を組む。

「君たちの力になるために、ここで事前に待ち構えていてあげたんだよ。未来を知るボクの協力があれば勝利は確定！　君たちには幸せな未来が訪れるぞ！」

「こんなこと言ってるけど、ノノって平気で嘘つくから信用しちゃだめよ」

マヤがバッサリと切り捨てる。ふむ、とメノウは顎《あご》に手を当てた。

いまのマヤの言葉を前提に考えると、ノノの発言とは違う仮定が見えてくる。

「……環境制御塔がゲノムに占拠されることを予知しながらも、あなた個人では対抗できないから事前に避難した。私たちが来る未来を知っていたから、ここで待ち構えて、これから自分の拠点である環境制御塔の奪還の戦力にしようとしている。こんなところ？」

「あっはっは！」

メノウの推測を笑い飛ばしたノノが、ふいっと視線を逸らす。

「……なんのことだい？　こ、根拠を述べたまえよ、メノウくぅん！　データに基づかない推測は風評被害をもたらすぞ⁉」

「ほらね。未来視だって、視野が狭いからあんまり真に受けないでね。普段も、大事なこと見逃してばっかりだから」

「んなっ！　なんてことというんだい！」

声を震わせていたノノが心外だと眉《まゆ》を上げる。

「天才美少女ノノちゃんの天才性を疑うなんて、ボクのアイデンティティが危険のきの字だよ！　ボクの天才の証明のために、まず君たちが陥《おちい》っている状況を言い当ててやろう！　ボクとカー君の子供といっても過言じゃない三原色の魔導兵、アビィちゃんは……ん？　なんでいないの？　君たち、一緒じゃなかったっけ」

「いなくてよかったわね」

マヤが半眼になる。

「年上嫌いのあいつがここにいたら、ノノはもう死んでたわ。……あいつを連れてこなかったことを後悔するとは思わなかったけど」

「えぇ？　そんなことになってるの……？　なんで？　ボク、なんかやっちゃった？」

未来を知っているはずの天才美少女ノノの口から、なぜか困惑した情けない声が返ってくる。

マヤと同じく不審げになったメノウとサハラの視線に、取り繕うようにして胸を張る。

「ま、まあね。ボクは最悪の未来を回避するためだけにここにいるから、他がちょっとおろそかになってるのは許してくれたまえ。今日はゆっくり寝て英気を養ってもらって、明日は馬車馬が羨《うらや》ましくなるほどに働いてもらわなければならないからね」

不吉な物言いである。ノノはメノウたちが口を挟む間もなく続ける。

「君たちは『星骸』が大量破壊兵器だなんて勘違いしてるみたいだしね。まあ、マヤが起動時に見た光景を話しているんだろうから、無理もないけど」

「勘違い……？」

メノウは北大陸をくり抜いたという歴史から、『星骸』を大量破壊兵器だと推測した。導師《マスター》『陽炎《フレア》』が塩の大地で放った衛星砲以上の、古代文明期の兵器だ、と。

「じゃあ、『星骸』はなんのために浮かんでるの？」

答えは、もったいぶられることなくノノの口から明かされた。

「あれは、異世界送還陣だよ」

あまりにも端的な返答だった。

ことの重大さと相反した軽さで口に出されて、とっさに理解できなかった。

メノウはゆっくりと首を傾《かし》げる。

「は？」

「だから、異世界送還陣だって。この世界に来た日本人を、地球に帰すための大規模魔導陣。上空に走っている膨大な【力】の経路である天脈に干渉してつなげるため、空に浮かべている七つの経由地を循環している魔導陣だよ。『星骸』の名前の由来は、この世界にない星を偲《しの》んで作った、星の骸《むくろ》。どう？　カッコいいだろ――おわぁ!?」

最後にノノの悲鳴が響いたのは、台詞《せりふ》の途中でメノウが彼女の胸ぐらを摑んだからだ。

メノウは表情を作る余裕もなく、無表情で目を見開いてノノに迫る。

「嘘じゃないのね」

「うっわ。美人のドアップって迫力すっご……」

「答えなさい」

おふざけに意識を割いている余裕はない。

異世界送還陣。

メノウも存在自体は知っていた。万魔殿《パンデモニウム》も導師《マスター》『陽炎《フレア》』も、その存在をほのめかしていた。北大陸にあるという朧《おぼろ》げな情報だけはあったものの、それ以上の情報は出てくることなく、遺失したのではないかという悲観的な見方もしていた。

いま唐突に提示されたそれは、メノウにとって重大な意味を持つ。

「『星骸』が異世界送還陣だっていうのは、本当？」

「嘘なんてつくものかい。だってボクたちは、もとの世界に帰るためにこの世界を飛び回っていたんだぜ？　なきゃおかしいじゃないか」

四大人災《ヒューマン・エラー》。

いまとなっては災害としか認識されていない四人は、もとの世界に帰りたがった異世界人たちだった。

そのうちの一つである『星骸』が異世界送還陣だというのは、完全に盲点だった。人災《ヒューマン・エラー》と銘打たれているだけあって、それぞれの純粋概念が暴走した結果だという思い込みがあったのだ。

だが西の果てにあった『塩の剣』も純粋概念の暴走の結果ではなく、ハクアの能力の一つだった。望外の話を聞かされて、メノウはノノにずいずいと顔を寄せる。

「『星骸』の起動方法は？　なにか条件があるのよね」

「ない。だってもう、起動しているよ」

重ねて、信じがたい台詞が続く。

「起動、してる？　異世界送還陣が……？」

「なんで北大陸の中央部がくり抜かれてると思ってるんだよ。起動に必要な要素をごっそりと引き抜いて消費したから、なくなったんだよ」

自失していたメノウは、はっと我に返る。

「……起動に足りるとは思えないわ。異世界送還には、膨大な犠牲が必要なはずよ」

導力、素材、生贄《いけにえ》。異世界送還を可能とするための代償は、いまの人類を滅ぼすに等しいほどだと導師《マスター》『陽炎《フレア》』は言っていた。北大陸の一部を消費した程度で足りるとは思えない。

「いまの世界人口と、古代文明期の北大陸中央部の人口はほぼ一緒だよ。ここの地上にあったのは、当時の世界最高峰の都市群だぜ。せいぜい地球の近世レベルの文明社会と一緒にしてほしくないね。まして、いまの君たちの世界だと南方諸島連合と西大陸がごっそり消えてるだろ？　あらゆる点で当時との総量が比較にならないことを理解したまえよ」

「そ、っか……」

メノウはノノの白衣から手を離す。ノノは乱れた白衣のしわを伸ばした。

「本当は南方諸島連合のクズどもの上空まで移動させて奴《やつ》らの溜め込《こ》んだ資産を食《く》い潰《つぶ》して起動してやるつもりだったんだけど、できなかったものは仕方ないよね。失敗にもクヨクヨしないのがノノちゃんのいいところだぜ」

テンション高く宣言するノノを、じーっとマヤが見つめる。その目は不信に満ちていた。

「ノノ。あたし、知らなかったんだけど」

「マヤは子供だろ？　ガッカリさせないために、ちゃんと成功してから言おうと思ってたんだよ」

子供扱いをした返答に目つきが尖《とが》る。マヤの表情には、たっぷりと不満が詰め込まれていた。

「……じゃあ、なんで『星骸』を起動したの？　よりによって、あの時に」

「ボクの死に際にハクアを元の世界に叩き返そうと思ってね。さすがに、あいつを残しちゃこの世界によくなさすぎた」

倒すのではなく、元の世界に返す。ハクアの強さを考えれば、それも一つの手段だったのだろう。

マヤが、ぽつりと呟く。

「つまり、ハクアは帰ろうと思えば帰れたのね」

元の世界に帰る。

なんの前触れもなく異世界に喚《よ》び出された彼女たちの悲願は、達成できていたのだ。

「でも、帰らなかった」

ノノが答えた。

トキトウ・アカリ。

ハクアが日本に帰ったところで、日本にいる親友が止めようもなくこの世界に来ることを予言されたからだ。

「ボク史上、最大に余計な予言だったね」

ハクアは、待った。

千年。

生きながらえて、待ち続けたのだ。

「……ハクアがあたしたちを裏切ったのって、本当に、それだけ？」

「さあねえ。ボクはハクアじゃないから、起こったことしか知らないよ」

ノノがうっすらと笑った。いままでのテンションを上げた笑みとは違う種類の笑顔だ。

「なんにせよ、いまでもハクアは、『星骸』の近くには寄れないはずだぜ。送還対象がハクアに固定してあるからね。白濁液で覆《おお》って封印してるけど、あいつが近寄れば再起動を始める状態だ」

「なるほど……」

ハクアが聖地にい続ける理由の一つなのだろう。

『星の記憶』が聖地にあるのはもちろんのこと、下手に北大陸に近づくと彼女は強制的に異世界に送還させられるおそれがあるのだ。

「……『星骸』を移動はできないの？　さっき、もともとは南方に移動させる予定だったって言ってたわよね」

「できない。白濁液で覆われた時に、いくつかの機能は損失しているんだよ。楽な方法は検討済みだから、諦めたまえ。この都市ができた時点で、この世界に日本人が来る原因になってる異世界召喚の無効化だって、計画はできてたんだぜ？　そのための『星骸』だっていうのはわかるだろう？」

メノウは心の中で白旗を上げる。

降参だ。彼女を失うわけにはいかない。

「サハラ、マヤ。この子に全面的に協力するわ。それでいい？」

二人は、首肯した。

少なくとも、『星骸』のことを知れただけでも、グリザリカからはるばるここまで来たかいがあった。都合が良すぎると感じてしまうほどにだ。

「協力してくれて嬉しいよ。これで最悪の未来を免《まぬが》れるピースが揃《そろ》った。いまの状況はハクアの意図したことですらない、最悪のパターンに陥《おちい》りつつあるからね」

ノノが声を重々しくして語る。

「四大人災《ヒューマン・エラー》の二つ。『星骸』と万魔殿《パンデモニウム》の融合」

真摯な顔で、星が輝く瞳を向ける。

「その最悪の未来を回避するためには、君たちの力がいるんだ。明日から、ぜひとも協力してくれたまえ」

自称天才美少女は、最高の寝床を用意しながらメノウたちが寝付けなくなることを言い放った。

世界でもっとも繁栄した都市である北大陸の中央部は、複数の大陸を股にかけて活動する白亜《はくあ》たちにとって本拠地だった。

当時の中央都市は、人口が集中していた。地上に施設を増築するのはもはや不可能な過密ぶりであり、それでも増え続ける人口に地下開発へと乗り出した。世界でもっとも発展した巨大都市で試みられた地下都市の開発成功は、人口が増え続けるこの世界にとって悲願でもあった。

純粋概念を多用した開発は一年という恐るべき早さで完了し、白亜たちの技術力の高さを世界に知らしめることとなる。

摩耶《まや》が日本にいた時代すら突き抜けた技術の最新鋭で構築された都市は、ＳＦ映画の世界に等しかった。

密閉された地下空間でもっとも重要な役目を果たすのが、環境制御塔だ。原色概念の濃度を高めるには密閉空間でなければならないが、密閉された地下空間では人間が恒常的に生活することはできない。環境を維持するための膨大な項目の処理は人間では不可能であり、【器】の純粋概念の持ち主である我堂《がどう》によって演算専用の魔導兵が作られた。

それが人型演算魔導兵【星読み】である。

人型である意味は特にない。【星読み】は導力回路によって形成された人工知能を搭載している。とはいえ導力回路による人工知能は、まだ発展途上の技術だ。想定された以外の受け答えに関しては、返答不能だった。

「いい子なんだけどね。恥ずかしがり屋なんだよ」

口癖のように廼乃《のの》が言う台詞《せりふ》は、人に向けるものというよりは、お気に入りの人形に対する『いい子』に近い。もしくは愛用する道具への思い入れだろう。

それでもマヤは【星読み】のことを気に入っていた。簡単な受け答えをしてくれる機能が単純に面白《おもしろ》かったのもある。自分より大きな人間を見るとビクついてしまう癖《くせ》が残っていた摩耶にとって、気を使わなくていい存在は貴重だった。

廼乃は【星読み】と呼ばれる魔導兵と二人きりになって閉じこもる時間があった。

それは不思議な時間だった。

明らかに、予言のために【星読み】と接続しているのとは別だった。長時間、それこそ数日かけて【星読み】と導力接続をしたまま閉じこもるのだ。

なんのためにと摩耶が問いかけると、彼女は星の浮いた瞳《ひとみ》でウィンクを返す。

「未来のためだよ」

気障《きざ》ったらしい言葉に、ちょっとムカついたことを、よく覚えている。

一夜明け、遺跡街が色づき始めた。

地下に訪れた夜明けを、メノウは映画館のエントランスルームにある窓穴から見ていた。

環境制御塔の中心にある光源が、上下の街を照らしていく。

「……」

地上に広がる街並みを眼下に収めながら、メノウは日記のページをめくっていく。

この一枚一枚に記されたのが、日々磨耗していくメノウの記憶を記した日記だ。なにをしなくとも徐々にメノウの精神を蝕《むしば》み、魔導として行使すればさらに多くの記憶を消費していく純粋概念【時】。

その影響が、いまの自分にどれほど及んでいるのか。

記憶にない記述のある箇所にチェックを入れていく。

メノウがやっているのは、自分の記憶が欠損している部分の確認作業である。この作業をすることで、自分がどれだけ記憶を失っているのか、客観的な判断ができる。

毎日、少しずつ増えていったチェックは、とうとう日記の三分の一にも上っていた。

「……やっぱり、純粋概念を使うと減るわね」

遺跡街に来てからも【劣化加速】を行使している。あの魔導は付与する対象の質量に応じて精神の消費が増える。メノウ自身に【加速】の魔導をかけず、小さな導力弾に付与している理由がそれだ。

そうやって最大限、記憶を節約しても減っていっている。

忘れてしまっているのは幼い修道院時代のことだったり、ここ半年のことだったりと時系列順で消えていっているわけではない。アカリとの交流や導師《マスター》との記憶があまり消えていないあたり、人格形成に重要な部分から消失しているわけでもないだろう。

特筆してごっそりと記憶から消えている人物は、一人だ。

自分の補佐だった白服の少女の記憶である。

どうしても、彼女にまつわる感情が思い出せない。日記を読んでも、まるで他人事《ひとごと》にしか感じない。もし彼女と出会った時に、自分はどう振る舞えばいいのだろうか。

「まだ大丈夫なはず、だけど……」

あまり、時間はない。記憶が半分以上なくなれば、間違いなく人格に影響が出始める。いまですら自覚なく人格の変容が始まっていてもおかしくない。

このまま記憶が消えた場合、どうなるのか。

日記を閉じたメノウは、思考を巡らせる。

順当にいけば、人災《ヒューマン・エラー》となるだろう。純粋概念を使った以上、避けられない末路だ。記憶貯蔵庫である『星の記憶』を頼りにしようにも、そこにいるハクアがご丁寧にメノウの記憶を残してくれているとは思えない。

ハクアが自分自身でメノウを追ってこない最大の理由が、それだ。

彼女は、放っておけばメノウが自滅することを知っている。ミシェルという追っ手は、メノウの自滅を早めることができるのだ。

だが、もしかしたらという予感があった。

メノウは、異世界人ではない。日記を使って消費されている記憶を客観的に見れば浮き彫りになる事実もある。

メノウには自分自身の記憶のほか、もう一つの記憶がある。アカリの記憶だ。導力の相互接続をして、記憶を共有したのだ。その記憶も日記には残らず記されているが、チェックがついているページは一箇所もない。

消えていっているのは、もとからあるメノウの記憶だけだ。

これはメノウの魂に直結する記憶のみが消費されているからだと考えられる。

もしもこのまま記憶が削られ続け、メノウの中にアカリの主観の記憶だけ残った場合――

「……おはよう」

背後の気配に、メノウは思考を打ち切って、あいさつを飛ばした。

「や。早起きだね、君は」

ノノだ。するりと自然な足取りでメノウの隣を陣取る。

「マヤとサハラ君はすやっすやの夢の中だよ」

「警戒心のないサハラはあとで叱っておくわ」

「いや、寝るのは許してあげなよ。睡眠は重要だぜ？　ボクだって二十四時間耐久はつらい」

「そう？」

メノウは目を細める。

ノノは【星読み】と呼ばれる魔導兵に自分の魂と精神を詰め込んで、この千年を生き抜いてきたのだろうとメノウは推測している。もとから存在した環境制御塔を管理する【星読み】になることで、ハクアの目すら欺《あざむ》いたのだ。

異世界送還陣である『星骸』を管理し、『遺跡街』を封印していた【星読み】は、メノウが思っていた以上にハクアにとって重要度が高い。それでいながら、ハクアは『星骸』の影響で近づくことはできないのだ。

改めて、ノノをまじまじと正面から見る。

白い肌。黒い瞳。魔導的な素質も人並みだ。

「変よね、あなた。魔導兵のくせに、魔導兵としての特徴が皆無だもの」

「そりゃそうさ。ボクには魔導兵としての誇りも自意識もないから、いまの子たちと違って、わざわざ人類と区別するための特徴を残す必要はないんだよ。それでカー君みたいな特殊性癖もないから、起動する時も美白の自分そっくりに擬態した。それだけの話さ」

「カー君って誰？」

「【器】の純粋概念を持った子だよ」

そっか、とメノウは頷く。いまの子たち、というのは『絡繰り世《からくりよ》』が生んだ天然の知性を持つ三原色の魔導兵のことだろう。

「条件起動式で、あなたの意識が覚醒《かくせい》するのよね」

「厳密には違うけど、不都合があるわけじゃないから、その程度の理解でも許してあげよう」

「どーも。ついでに聞くけど、あなたが目覚める条件は？」

「この世界に大規模な危機が訪れる時、だよ」

それを、信用していいものなのか。

事実として、アカリが人災《ヒューマン・エラー》と化した時にノノはその場にいなかった。

「そんなことよりボクがしたいのは世間話さ」

「なに？　今日の天気でも話す？」

「ふふっ、興味深い話題だけど、遠慮しておこう」

地下に天気の変化があるはずもない。メノウの皮肉に、ニヤリとする。

ノノが唐突に自分の眼鏡をはずして、メノウに掛けさせた。

「……なんのつもり？」

「いや、似合うなぁって。ハクアにも、前々からメガネ族になってほしいなとは思っていたんだよ」

「なにがメガネ族よ。これ、伊達じゃない」

度は入っていない。どうやら伊達メガネらしい。魔導的な仕掛けもないし、本当にただのおしゃれアイテムだ。

「目が悪くないのにメガネをかけているという事実こそ、よりメガネのデザインを好んでいる証拠さ！」

明るく宣言したノノが、自然なそぶりでメノウの顔を覗き込む。

「昨日、『星骸』が異世界送還陣だと聞いて目の色が変わったよね」

「……」

至近距離での問いに、動揺を隠し通せた自信はなかった。

メノウは静かに鏡を外してノノに返す。わざわざ道化ぶりながらもメノウに眼鏡をかけさせたのは、警戒させずに顔を寄せたかったからだろう。

ノノは口元にうっすらと笑みを浮かべている。昨日も一度だけ、この笑みを浮かべていた。会話を楽しんでいるだけではない。彼女の笑顔は、その形に固定したポーカーフェイスだ。

「がっかりしたかい？　『星骸《せいがい》』はこの地下都市とともにボクとカー君で作った傑作だけど、あれこそがハクアを倒す武器だと思ってはるばる北大陸まで来たのだろう？　ハクアは強いからね。兵器を求めるのは、生身の人間で対抗しようとするより、ずっと建設的だ」

「まさか。落胆する要素なんてないわ」

ノノの質問は鎌かけだ。いまの台詞に彼女の本心は一つも含まれていない。

メノウは会話の裏で彼女の意図を読みながら返答する。

「むしろ重要度は増したわ。ただ強力なだけの兵器より、よほど使いようはあるもの。ハクアにとっても、最重要な場所でしょう」

ゲノムによる占拠を許しているのが不思議なほどに。

あるいは、ゲノムが先んじて環境制御塔を占拠することで、ミシェルを牽制《けんせい》したのか。

「そうだね。君の考えている通りだ」

「……考えている通り、ね」

『言う通り』ではなく『考えている通り』。

ノノの言葉選びに、やはり一縄筋にはいかない相手だと警戒心を高める。

必中の未来視。人災《ヒューマン・エラー》にならない異世界人。マヤから断片的に聞いた彼女の情報から、なにを聞き出すべきか会話を組み立てる。

その思考すら、星の浮かぶ瞳に見透かされている可能性は覚悟の上だ。

「昨日が初対面なのに、私の考えていることがわかるの？」

「当然。ボクを誰《だれ》だと思っているんだい？」

「はいはい。天才美少女ノノちゃん、でしょ」

「その通り！」

ノノは、ぶいっとピースサインをつくった二本指で自分の瞳を指差す。

「ボクの瞳に懸《か》けて、一つ、断言しておこう。『塩の剣』の効果を解除する方法はない。過去にも、現在にも、そして未来にも」

それは、メノウにとって重大な意味を持つ情報だった。

『塩の剣』。

千年前に一つの大陸を塩に変え、海に溶かした清浄の権化。いまはアカリの体に刺さっている純粋概念【白】の破片だ。

半年前に、メノウがアカリに突き刺した。

【時】の純粋概念に飲まれて人災《ヒューマン・エラー》と化していたアカリを救うために仕方なかったとはいえ、メノウがアカリを殺しかねない一手だった。人災《ヒューマン・エラー》となったアカリが放った世界規模の魔導【世界停止】を一点に集めて『塩の剣』の効果と拮抗《きっこう》させることには成功したが、重大な問題として立《た》ち塞《ふさ》がっている。

いまもなお、あの時の一刺しはアカリを殺し続けているのだ。

「それは、絶対？」

「絶対。ハクア本人ですら、不可能だ。抜いたところで塩化は止《と》まらない。あれは魔導制御を放棄して、【白】の純粋概念の一部をそのまま剣にしたものだからね」

いくつか反論が浮かんだ。

同等の魔導をぶつけての相殺。塩化している部分を切除することで最低限にとどめる方法。ハクアを殺害することで塩の浸食が解除される可能性。

「うん。どれも通じないよ」

メノウが漠然と考えていた方策は、口に出すまでもなく、否定された。

「アカリを助ける方法はないって言いたいの？」

「うん。アカリちゃんの体は潔く諦《あきら》めるべきだね」

メノウも薄々察していたことを、ノノは情け容赦なく言葉にする。

この半年、メノウはアカリを助けるために奔走した。ハクアに対抗するためにアーシュナと協力してグリザリカ王国を第一身分《ファウスト》から独立させ、勢力としてある程度拮抗できるようになった。

ハクアに対抗する手段は揃《そろ》いつつあるというのに、アカリを救うための一手が見つからなかった。そしていま、そんなものは最初から存在しないんだという情報を突きつけられている。

「あなたは」

短く言葉を区切って、メノウはノノを睨《にら》みつける。

「どうして、そのことを私に伝えたの？」

「いまの君の最大の目的は、アカリちゃんだ。彼女を助けるにはボクが言ったことを踏まえて、これからどうすればいいのか判断したまえ」

その言葉に、嫌というほど思い知らされる。

彼女の眼力は確かだ。アカリを救うためには根本的に違う選択肢をとる必要がある。ノノは言外にそう説得しているのだ。

終始、会話の主導権は握られたままだった。

だがいまの会話でわかったこともある。

「ノノ。あなたの未来視は疑いようもないわ。洞察力も大したものだと思う」

「そうだろう？　わかったのなら『ノノちゃん天才美少女！』と褒め称《たた》えてくれたまえ！」

「ただ、未来が見えるのは嘘《うそ》じゃないにしても、自分が見えている未来に私たちを誘導しているでしょう？」

じっとノノの星の瞳を見つめる。

ノノは、これからのメノウの動きを限定させるために『塩の剣』の情報を差し出したのだ。そうでなかったら、いまのタイミングで『塩の剣』のことを持ち出す理由がない。

「うん」

果たして、彼女はあっさりと認めた。

「この現状は、ボクの責任でもあるからね。いくつかある結果のうち、一番マシな場所に着地させたいと思っているよ。それがボクにできる贖罪《しょくざい》だ」

「あなたにとって、でしょう」

未来は、いくつかの行き先があるらしい。ノノから零《こぼ》された情報を咀嚼《そしゃく》しながら問いかける。

「あなたはハクアをどうしたいの？」

ノノにとって穏当な着地点がメノウにとっての望みになる保証はない。

メノウは、ハクアを排除したい。

メノウとハクアは相容《あいい》れない。アカリとの再会に、ハクアは邪魔だ。ハクアとしても同じ気持ちだろう。

だが、ノノの心情はどうなのか。

マヤを見ていればわかる。

千年前に仲間だったという彼女たちの絆《きずな》は、決して薄いものではないのだ。

「うーん……」

ノノは腕を組んで首を斜めにする。

「悪いけど、ボクにはどうにもできない。遺跡街で起こる危機的な状況を軟着陸させるまでがボクの限界だからね」

「責任とか言っておいて無責任ね。具体的になにがどうなるか、教えてくれない？」

「秘密。ここで明かしてよくなることが、一つもないからね」

昨日の夜も同じ返答だった。思わせぶりな態度に呆《あき》れてしまうが、聞き出すのは無理だろう。

二人は笑顔を交わした。

「しかたないわね。環境制御塔に着くまでは、仲よくしましょう」

「ぜひともお願いするよ。ボクはか弱き美少女だからね。守ってくれたまえ！」

少なくとも『遺跡街』まで来たことは、無駄足にはならない。

ノノを環境制御塔に連れていく。彼女が【星読み】なのだから、『星骸』の管理権限を手に入れるまでの利害は完全に一致しているのだ。

「ふふっ。君の師匠に会った時を思い出すなぁ」

笑みを零しながらノノが切り出した意外な内容に驚き、メノウは目を瞬《しばたた》く。

「導師《マスター》に会ったことがあるの？」

「攻撃衛星の起動権限を取得した時にね。危ないから注意しにいった。【光】の純粋概念があるとはいえ、よくあんなもん見つけたと思うよ」

「あぁ……」

ハクアとの戦いの時にメノウも見た、空から大出力の導力を収束して打ち落とす一撃だ。長年かけて海に溶けて島ほどに小さくなっていたとはいえ、塩の大地にとどめを刺して海の藻屑《もくず》とした威力は忘れられない。

「あれ、使えないの？　あれこそハクアへの有効な攻撃手段じゃない」

「無理無理。ボクの領分じゃないよ。衛星とつながる通信導器がないもん」

「あれはあなたたちが作ったものじゃないのね」

「むしろ、敵対勢力の産物だね。ボクらへの攻撃手段だったたんじゃないかな？　あれを乗っ取った【光】の子には拍手を送りたいよ」

導師《マスター》が切り札にしていたあれは、【光】の純粋概念ありきの力だったのだ。

ノノと話しているうちに、寝床にしているマヤとサハラが待っている部屋に戻った。

キングサイズのベッドでは、上下逆さまになったマヤの素足がサハラのほっぺたに乗っていた。悪意のない寝相に蹴飛《けと》ばされているサハラはやや寝苦しそうにしながらも、起きる様子はない。

「よく寝てるわね、この二人は」

「寝る子は育つんだよ。いいことさ」

戦闘続きの旅にあって、日常を感じる瞬間は嫌いではなかった。

いまも、アカリと旅した昔も、あるいは処刑人時代に補佐官だったという記憶にない少女とも、そうだったのかもしれない。

消えてしまった記憶に後ろ髪を引かれながら、メノウはサハラとマヤを叩《たた》き起こした。

「気を取り直して、はい。ボクたちが目指す場所はここだ！」

シアタールームで、メノウたち三人はノノの説明を受けていた。

「中央にある環境制御塔。その上部に限定する」

素体となっている魔導兵の機能で操作しているのか、巨大なスクリーンに遺跡街のマップが映し出される。説明用として使うには大きすぎて逆に見づらい。

「なんで上だけ？」

「いい質問だね、サハラ君」

ノノがご満悦な様子で答える。

「『星骸』の管理権限は、上半分にあるんだ。制御室にボクという端末が到達することで、晴れて管理権限は移譲できる」

「下の塔は？」

「遺跡街の維持システムだね。今回は君たちに関係ないから無視してくれ」

当然のように始まった話に、今度はメノウが質問を投げかけようとした時だ。

突如として、シアタールーム後方の扉が吹き飛んだ。

「よお」

乱暴な物音にマヤがあ然として、メノウとサハラが臨戦態勢を取る。注目が集まる中、潜《ひそ》むこともなく堂々と姿を晒《さら》した男には顔がなかった。

右目を中心にして、顔面に拳《こぶし》大の穴が空いている。ポッカリと空いた穴から、とめどなく導力光が流れ出している。

あまりにも特徴的な姿を見て、メノウとサハラの全身が総毛立った。

「サハラ！」

一声で、通じた。

サハラがマヤの首根っこを摑《つか》んで逃亡をはかる。幸運なことに、シアタールームの出口は複数ある。慌ててサハラの背中を追うノノとは対照的に、メノウはその場に残った。

ちらり、と顔のない男がサハラの背中に視線を向ける。相手の眼球の動きを隙と見て、メノウは踏み込んだ。

だが、数歩で飛び退《の》く。直前までメノウがいた場所に、多数の小さな穴が穿《うが》たれる。

先ほどまで無手だった男の手に携えられているのは、導力銃だった。弾痕からして、散弾銃である。

単発拳銃型の導力銃ですら禁忌として厳しく取り締まられている中で、流通すること自体が珍しい導力銃だ。そんな貴重なはずの導力銃を惜しげもなく放り捨てた男は、穴が空いた顔に手を突っ込む。

顔面の穴から、新たな導力銃が出てくる。

「まさか、そっちから本人が攻めてくるとは思わなかったわ」

噂《うわさ》通りの姿と能力にメノウは男の正体に確信を深める。

「あんたがゲノム・クトゥルワね」

「ご明答。『陽炎《フレア》』の弟子が俺の名前を知ってるとは、嬉しいじゃねえか」

ゲノムがメノウに銃口を向ける。

銃弾が吐き出された。銃声が一つなぎになって響き続ける。フルオート。しかも一発一発が並の導力銃の威力ではない。使用者の導力を吸い上げている関係上、並の人間ならば十秒と持たずに魂が干上がりそうな威力で弾丸が撒《ま》き散らされる。

散弾銃の次は機関銃だ。切れ目のない掃射の中を、メノウはジグザグに駆け抜ける。導力強化の残光を追いかけて弾丸が着弾し、シアタールームの座席を吹き飛ばす。

弾丸が拡散する散弾銃と違って、機関銃の弾道は銃口の直線上に限られる。男の腕の予備動作から銃身の向きさえ見切れば回避は可能だ。

だがメノウが接近しきる前に、男が持つ銃口がまったく別の方向を向いた。

その先にあるのは、いままさに扉から脱出しようとするサハラの背中だ。

「ほら、どうする？」

メノウがカバーできる範囲ではない。ゲノムの口元が嫌らしい笑みに歪《ゆが》む。

「二倍速」

【導枝】で編まれた銃身の中で、導力弾が高速回転を始めた。

『導力：接続――不正共有・純粋概念【時】――発動【劣化加速↓導力弾】』

狙《ねら》いはゲノムに向けない。銃口を動かして狙いを定める時間が惜しい。

足元に加速した銃弾を放った。

メノウの放った弾丸が、床を穿った。【加速】を付与された弾丸の威力に耐えきれず崩れ落ち、メノウとゲノムはもろともに転落する。階下は受付があったエントランスホールだ。崩落の土煙を目眩《めくら》ましに、導力迷彩で周囲の光景に溶け込んだメノウが背後をとる。

完全な死角をとった攻撃を、ゲノムは躱《かわ》した。

目では追えていなかったはずだ。音も崩落に紛れ込ませた。普通ならば、いまのタイミングで躱せるはずがない。

けれどもいまは躱された理由を考察している時間すらも惜しい。疑問を振り切る。驚きも疑念もねじ伏せ、短剣銃を抜く。

「おっ?」

メノウが握る短剣銃にゲノムの視線が吸い寄せられた。

「『陽炎《フレア》』のだろ、それ? 殺した死体から獲《と》ったのか。いい趣味してやがるな」

「ッ」

動揺に、手が震えた。

紋章魔導の発動が乱れ、【導枝】で構成されていた銃身が霧散した。

魔導の発動には高度な精神集中がいる。それを乱すなど、メノウらしくもないミスである。

少なくとも、紋章魔導の失敗などここ数年で一度もしていなかった。

「おいおい」

ゲノムの声が、失望に染まる。

動揺で生じたメノウの意識の隙間《すきま》を縫って、機関銃の銃身が胸元《むなもと》に突きつけられる。

「俺《おれ》はさぁ。素直に褒めたんだぞ？」

引き金が絞られた。

秒間で十発近く放たれる導力弾の掃射に、背後にあったカウンターが見る間に瓦礫《がれき》と化していく。並の神官の導力強化ではあっという間に体が消し飛ぶ威力の弾丸の嵐は、一発としてメノウに命中していなかった。

「お？」

ゲノムが引き金を絞る指の動きよりも速く、メノウは身を沈めて銃口から逃れていた。

『導力：接続——不正共有・純粋概念【時】——』

「まさかとは思うけど」

とん、とゲノムの下顎《したあご》に硬い感触が当たる。ゼロ距離で突きつけられたのは、【導枝】できた銃身だ。

「死んでも恨まないわよね」

『【発動：劣化加速→導力弾】』

遺言を聞く気もなく、引き金をひいた。

いままでの銃声をすべてまとめ上げたような轟音《ごうおん》が響いた。

放たれた弾丸は、頭のてっぺんまで突き抜けてゲノムの頭部を木っ端微塵《こっぱみじん》にする。人体を破壊するだけでは収まらなかったエネルギーは三階建ての上まで突き抜けて、基部に風穴を開けた。

通常とは上下が反転しているため、一番上が建物の基礎である。土台が揺さぶられ建物全体に、致命的な亀裂が走る。衝撃の余波で発生した地揺れが建材の断裂を縦横無尽に広げ、建築物の構造的限界を超えた。

映画館の崩壊が始まった。

崩れ落ちる建物とともに落下しながら、メノウはもう一つの短剣に導力を通す。

『導力：接続――短剣・紋章――発動【疾風】』

短剣から吹き出す風力で宙を滑空し、隣の建物の内部に転がり込んだ。

ゆっくり立ち上がって、痛む箇所がないか確認する。先ほどの戦闘を明らかな勝利で飾りながらも、メノウの頭にあったのは不信感と違和感だった。

いまの一戦は意外なほど苦戦することがなかった。

あっさりと勝利したように見えて、一手間違えれば誰かが死んでいてもおかしい戦いだったのは確かだ。ただハクアやミシェルといった規格外との戦闘を重ねてきたメノウにとって、強敵といえるほどのものではなかった。

第三身分《コモンズ》の怪物。

そう呼ばれている人物は、あれほど簡単に勝利できる相手なのだろうか。

疑念を抱きながら、一息ついた顔を上げる途中で、メノウは視界の隅で導力光を捉《とら》えた。

目の端に引っかかった導力光が明確になんなのか、頭で理解はしていなかった。メノウが戦闘服に導力を通して紋章魔導を発動させたのは、ほとんど反射によるものだ。

導力光は、魔導現象とともに発生する。

『導力：接続――戦闘服・紋章――発動【多重障壁】』

未確認の導力光は、無条件で最大限警戒する。基本ともいえる教えが、メノウの命を救った。

「……ッ」

【障壁】は耐えきれなかった。多重に展開していた導力の薄い光壁がまとめて砕けつつも、斜め向きに展開させていたのが幸運だった。【障壁】すべてを貫通した弾丸の弾道がそれて直撃を免れる。

体に触れもしなかったというのに、空気を巻き込んだ衝撃波は強烈だった。

着弾で発生した衝撃と合わせて、メノウの体が吹き飛ばされた。受け身をとって、二回転。離れた場所にいる新手の男が大口径の拳銃を構えたのを目にする。

狙いは、メノウの着地地点だ。

『導力：接続――短剣・紋章――発動【疾風】』

短剣から噴き出す【疾風】を地面に放ち、ほぼ垂直に宙へと跳ね上がった。

メノウを捉え損ねた大口径弾が、地面を抉《えぐ》り砕く。弾痕というより、ちょっとした爆発痕《ばくはつ》だ。

タイミングをずらして着地したメノウは、信じがたい気持ちを込めて新たに現れた人物を見据える。

いましがた二発の高威力の弾丸を撃ち放った男。

彼も、ゲノムだった。

「元処刑人だけあって、動きは悪かないな」

顔に穴を空けた男は、いましがた発射した大口径拳銃を雑に投げ捨てる。

さっき確かに殺したはずの男が悠長にメノウの力量を品評する。

「特によくもねぇけどな。お前、本当に『陽炎《フレア》』を殺せたのか？」

手厳しい評価である。先ほどの戦闘の記憶はあるようだ。別人がなりすましているトリックだという可能性は潰《つぶ》れた。

【加速】をかけた銃弾は、確かにゲノムの肉体を粉微塵にした。だというのに平然と無傷の姿を見せている。

メノウはポーカーフェイスを保ちながら、内心の驚愕《きょうがく》を押し殺して相手を見据える。

「……そっちこそ、導力銃ばかりで攻撃が単調ね。紋章魔導も使わないの？」

「魔導の才能ねえんだわ、俺。ロクに導力強化も使えないレベルだぜ」

第一身分《ファウスト》のブラックリストのトップを十年近く独占し続け、個人戦力としては最高峰と目されている男が自分の非才さをひけらかしながら顔の穴に手を入れる。

導力光をあふれさせている顔の穴から、新たな導力銃が取り出される。

「てかよぉ。あんたらみたいに戦闘しながらの導力強化なんて、俺みたいな一般人からしてみれば曲芸みたいなもんだぜ？　ご自分の異常性を自覚してくれませんかねぇ」

取り出されたのは彼がシアタールームで撃ち放った機関銃だ。同一のものではなく、同型なだけだろう。『武器商人』とも言われるだけあって、彼の武器の在庫の豊富さはメノウも聞き知っている。

ゲノム・クトゥルワの顔に空いた穴は、武器庫となっている。

有名な話ではある。

それでも、こうして目《ま》の当《あ》たりにすると衝撃的だ。

「俺ぐらい普通の奴だと、立ち止まっている時に、こいつらの反動を抑えるために体を強化するので精いっぱいなのをわかってくれねえかね」

ゲノムの顔から出てきて足元に投げ捨てられた導力銃は、三種類ある。

弾が拡散して回避不能なほど広い範囲にばら撒《ま》かれる散弾銃。フルオートで連続射撃が可能な機関銃。一発で【障壁】に風穴を開ける大口径拳銃。

どれも、まだ大量には流通していないタイプの導力銃だ。特に最後のは処刑人だったメノウですら初見のものである。たった一発で【障壁】を砕ける導力銃があるとは思わなかった。しかも懐《ふところ》に隠し持てる拳銃サイズとなれば脅威度は跳ね上がる。

そんなものが流通するようになれば、ほとんどの一般人が、簡単に騎士や神官を殺せる世界が訪れる。

「俺は自分が並だって知ってるからこそ、導力兵器が大好きだ」

にこやかに言いながら摑んだ武器は、機関銃だった。

二人のゲノムがメノウを挟み込んで、同時に告げる。

「非才凡人な俺でも、引き金をひけば神官様をぶち殺せるんだからな」

『導力：素材併呑――義腕・内部刻印魔導式――起動【スキル：杭打ち】』

サハラの銀腕から射出された杭が、映画館と駅ビルをつなげる通路に大穴を開けた。

「ちょ、いいの!?」

マヤが声を上げるが、サハラは迷わない。後ろで響く銃声のほうがよっぽど恐ろしい。マヤとノノを抱えたいま、相手が追ってこれないようにするのが最優先だ。サハラは自分が来た道を塞ぐために、もう一発、銀腕から魔導を放つ。

『導力：素材併呑――義椀・内部刻印魔導式――起動【スキル：導力砲】』

左右に穴が空いた通路は、微細導器群体《マイクロマシン》の修復よりも亀裂が広がる方が早かった。

通路が崩落した。

だが危険が去ったわけではない。ゲノム本人が来ていて、部下がいないということはありえない。これだけ派手に戦闘をしてしまったならば隠れ進むのは無理かと思ったのだが、予想外の助力があった。

「はい。そこの曲がり角を右折。上を通り過ぎるから、屋根の下で十秒待機。…………よし、走って！」

サハラの小脇《こわき》に抱えられたノノの先導は、驚くほどに正確だった。

時に小走りに、時に立ち止まって武装集団の死角を抜ける。サハラだけでは、この大量の警戒網を潜《くぐ》り抜けるのは不可能だった。

「そこの窓から部屋に入って……ヨシ！　十分休憩！」

大袈裟《おおげさ》な指差し確認をして民家サイズの建物に侵入。ノノの宣言に、張り詰めていた緊張感が解かれる。

「マヤ。よければお手洗いに行くといいよ。まとまった休憩は取れないし、我慢は体の毒だ！」

「黙るか死ぬかして！」

デリカシーを知れとぷんぷんとしながらも、マヤは足早にトイレに向かう。

サハラは床に座って、壁にもたれかかる。背後の気配を探ると、映画館での戦闘音は続いていた。

「すごいわね、未来視」

「ふふん、もっと褒めてくれたまえ。『天才美少女ノノちゃんすごい』っていう称賛をボクに浴びせるといいね！　ほら、サハラ君。さん、はい！」

「その能力に制限はあるの？　魔導発動もしていないみたいだけど、どういう原理で未来を見てるの？」

「あれぇ？」

ノノの力は強力だ。ゲノムの直属であろう武装集団との接敵を回避できたのは、彼女の指示のたまものである。自分の身の安全のためにも、ぜひとも知っておきたいと前のめりになって尋ねる。

変人の対応に慣れているサハラのスルー力に口を尖《とが》らせつつも、素直に答える。

「サハラ君。ボクはね、【星】の純粋概念を発動できたことが、一回もないんだよ。ある意味、純粋概念持ちとしては落ちこぼれもいいところだね」

「ない？」

「うん。ボクができるのは、導力接続までだ」

ノノは両手の人差し指を使って自分の両目を指差す。だいぶふざけたポーズになっているのは、おそらく狙っているのだろう。

「この目に導力を接続すると、それだけで視界にあるものの近未来がざっくりと視えるんだ。

予言は、また別。カー君の協力が必須だ」

カー君とやらは、確か『絡繰り世』になった異世界人だったはずだ。

「ふーん。でも、その目だけでも便利よね」

「便利だよ。けれども限度があるというか、条件に該当するものしか見れないね。いまはね。マヤに視野を絞って、未来を視ているんだ。だからあんまりマヤから離れると、ボクの視界からも見えなくなる。マヤの未来は保証されているが、気をつけてくれたまえよ」

ひとまず納得いく説明を受けた。

手持ちぶさたになったサハラは、そっと手を伸ばしてノノのほっぺたをつまむ。

「む、やわらかい」

「ふぁんだい？」

「この体。ノノは魔導兵に憑依《ひょうい》してるのよね」

「それは違うね」

【星読み】という魔導兵に魂を移し替えることで千年間を生き抜いたのだろう。そう思っていたのだが、予想外に冷たい声が返ってきた。

「この体には魂を納めるような機能はないし、ボクは【憑依】の魔導は使わないよ。カー君にも使わせない。絶対に」

必要以上に強く否定する。

彼女なりのこだわりがあるのだろう。【憑依】の魔導を使ったことがある自分をディスっているんだろうかと思いつつも、サハラは浮かんだ疑念をぶつける。

「じゃあ、どうして魔導兵の中にいるの？」

「ボクは中にいるわけじゃない。この体に情報を接続してるだけだぜ」

「なるほど」

違いがよくわからなかったが、とりあえず頷《うなず》いておく。サハラ自身の安全性に関《かか》わることでもなさそうだし、深く気にしないでおくことにした。

話が区切られたタイミングで、マヤが戻ってくる。

「お帰り、マヤ。さて、メノウ君とは別行動になってしまったが、ボクたちは先に進もうか」

「……メノウとは合流しないの？」

「よく考えてもみたまえよ」

やたらと偉そうな口調は、下知をする者の振る舞いだった。

「あそこには万魔殿《パンデモニウム》の気配があるとマヤが言っている。ゲノムとやらは、わざわざ本人が出張って来ている。つまりいま環境制御塔の守りは薄くなっている状態だ」

「そういえば、ノノ。なんで万魔殿《パンデモニウム》がここにいるの？　あたしは気配でわかったけど」

「片腕が『霧魔殿《パンデモニウム》』から出た後にミシェルにちょっかい出して返り討ちにあったらしいよ。さすが強いね、あの子は！」

ノノは、ミシェルの強さを誇る口ぶりだった。

サハラにとっては脅威な敵だが、ミシェルはノノからすると千年前からの知り合いなのだ。

「万魔殿《パンデモニウム》のことに話を戻すけど、環境制御塔へ侵食されるとだいぶまずい。微細導器群体《マイクロマシン》の維持をしているのは環境制御塔だから、機能停止すると拡張された空間が崩れて、もとの空間と重なっちゃうんだ」

拡張された空間が消え去るとどうなるかは、サハラの知識にもある。

「重なった部分は、融合するのよね」

「そう。しかも融合した質量に応じた衝撃波が発生する。兵器転用できるぐらい威力あるんだぜ」

原色格納空間は、導力で作られた亜空間だ。いまサハラたちがいる世界を基準に、ほんの少し位相がズレた空間を作る。なんらかの要因で異空間がなくなると、中に格納されていた物体が重なっていた空間に出現する。

もしも遺跡街を格納している原色空間が消えた場合、もとある地盤と遺跡街にある大量の建築物が衝突することになる。

「この地下空間が崩れる恐れがあるってこと？」

「そんなもんじゃすまないんだな、これが」

手前の地下街にも多くの人が住んでいる。地下が丸ごと潰れれば甚大な被害だと他人事に考えていたサハラを、ノノが首を振って否定する。

「なにがまずいって、あの環境制御塔、上下合わせて千六百六十六メートルあるんだよ。すごいでしょ。古代文明期でも最長の建築物だったんだぜ。地下空間を拡張できたから、地上に建てるよりかなり楽――」

「すごいけど、それのなにがまずいの？」

延々と続きそうな語りを遮《さえぎ》って話を促す。

いまのところ地下で進行している事態と地上の上空にある『星骸』の融合との話のつながりが見えない。

万魔殿《パンデモニウム》が厄介なのはわかる。サハラも一時的とはいえ一緒に行動していたのだ。あの無軌道さが生む被害の多さは尋常なものではない。だが原罪概念とはいえ、接触しなければ侵食はできない。環境制御塔がいくら巨大でも、地下深くでの事情が遥か上空に影響を及ぼすとは思えないのだ。

環境制御塔にしても、肝心の演算装置である魔導兵【星読み】の体はノノが動かしてここにいる。いまの環境制御塔は頭脳を失った人間のようなものだ。機能だけあっても制御装置がないのだから、ただのでかい塔である。

「はい問題。拡張された空間を除いたここ『遺跡街』の深度はいくつでしょう」

「二百メートルくらい？」

「正解！　ボクたちが純粋概念を使って苦労してつくった大深度のジオフロントさ！　地下交通網計画があったり、大規模導力供給設備やら廃棄物処理施設場やらを入れる予定だったから、まず崩れない造りにしてある。では、『星骸』のある場所を思い浮かべてください」

サハラの答えに教師役として振る舞うノノは機嫌よく笑って促《うなが》す。サハラとマヤは北大陸の上空を浮遊する『星骸』を脳裏に思い浮かべた。

「北大陸中央部の地上から、さらに上空に浮かんでいる『星骸』があるのは知ってるよね。これは結構低空に浮いてるぜ。多少は上下するけど、あれは天脈に乗るようになってるから上空千メートル付近を滞空していることは間違いないんだ」

その時点でノノが言いたいことが理解できた。サハラの背筋に冷たいものが滑り落ちる。単純な計算だ。四捨五入して、千七百から二百引けばいい。マヤの年齢でも理解できる四則演算である。

「つまり、環境制御塔が機能しなくなって拡張された空間がなくなると、なんと！」

二人の脳内スクリーンに、巨大な木に実ができるイメージ図が想起される。ヤシの木みたいな簡略図だというのに、なにを意味しているのかははっきりと想像できてしまった。

「環境制御塔と『星骸』は空間交錯を起こして一体化したオブジェになります」

「え」

マヤが絶句する。

確かに拡張した空間が崩れて中にあったものが現実空間に突き出るというのは、盲点ではある。サハラはおそるおそる尋ねる。

「ちなみに、融合するとどうなるの……？」

「空間交錯で『星骸』の中心核が環境制御塔に貫かれて壊れる。覆《おお》っている白濁液は吹っ飛んで北大陸中に【漂白】の雨が降るし、中心核以外の星も次々と落下するね」

大惨事である。

たった一滴で、異世界人であるアカリが放った【停止】に打ち勝つような魔導物質が降《ふ》りそそげば、それだけで北大陸は壊滅的なダメージを受ける。

「まあこれは万魔殿《パンデモニウム》が『星骸』を取り込むことに比べれば些細《ささい》なことだけどね」

マヤの顔から血の気が引く。

記憶を取り戻した彼女にとって、万魔殿《パンデモニウム》は少し前の自分であり、絶対に戻りたくない状態そのものだ。

「マヤ。君は万魔殿《パンデモニウム》とは別の存在だ。だからボクは、君がここにいるいま起動した」

「なによ、いきなり」

「君は、映画が終わったらどうする？」

脈絡のない質問に、小首を傾《かし》げる。

「ちゃんとエンドロールまで見て帰るわ。当たり前でしょう？」

子役としての、絶対のプライドだ。

「よし。それをちゃんと覚えてくれたまえ」

ノノはにっこりと笑う。問いの意味がわからず、サハラはもとよりマヤも腑《ふ》に落ちない顔をしている。

「必要な情報は伝えたし、先に行こうか。いまの世界の有様《ありさま》がボクたちのせいみたいに言われるのは、はなはだ不本意だね。事故だよ事故。というわけで、ボクが先読みしたルートで進んでもらうことになる」

「質問」

「はい、サハラ君！」

「なんでメノウがいる時にそれを言ってくれなかったの？」

メノウがいる時は、すべてメノウの責任だ。この団体の決定権はメノウが握っている。だが、メノウがいない時に聞いてしまったら、自分に責任がのしかかってくる。北大陸全域がやばいことになるかもしれない事件を解決するための責任などとても負いきれない。

「やだなぁ。言う前に、なんかよくわからない人が来たじゃないか。あれ誰？　すごく個性的な顔面をしてたよね」

「サハラ。ノノ、平気で人を騙《だま》すから疑ってかかったほうがいいわ」

身近な人間からの信用がなかった。

マヤの言いたいこともわかる。ノノは時々、微妙に話をはぐらかしてくるのだ。おそらく彼女の持つ未来視から得た情報の格差によるものだ。

「そうだね。ボクのことは信じすぎないほうがいいぜ？　自分の思い通りに人を動かすためなら、なんでもするからね」

「わかった。信じない」

マヤに同調したノノの忠告に、会話をする気が失せたサハラはげんなりする。

だが、マヤは一歩踏み込んだ。

「じゃああたし、ノノがサハラとメノウを裏切ったり好き勝手利用してたら、今度こそ原罪魔導の餌食《えじき》にする。だから、そんなことしないって約束して」

マヤの返答に、ノノが唇を綻《ほころ》ばせる。

「成長したね、マヤ。いつも龍之介《りゅうのすけ》の背中に隠れていた君とは思えないよ」

「うん。だから？」

それっぽい雰囲気に流されることなく、じいっと見つめる。

下からの視線に耐えきれなかったのか、ふいっと視線を逸《そ》らす。ばさぁっと白衣の裾《すそ》を翻《ひるがえ》したノノは赤縁メガネを押し上げ、マヤとサハラと順繰りに視線を合わせた。

「さあ！　それじゃあ出発進行だ！　目的は世界を滅ぼす大怪獣の発生阻止。妨害は凶悪な武装集団たち。困難な道のりだけど、なぁに、ボクのこの目にかかれば、どんな警戒網だってへっちゃらさ！　世界を救う冒険に、レッツラゴー！」

「ちゃんと約束しなさいよ！　ねえ！」

「例の武装集団には見つからないルートを選んでいるから道中は安全だ。しかもボクの目は、見ている場所の数秒後が見えるんだ！　義肢を付けた武装集団には見つからないぜ！」

「義肢を付けた武装集団には」

サハラの胸中を嫌な予感が貫いた。

「……他には？」

「え？　他？　他ってなに？」

視野の狭い返答に、どんどんと不安が募る。

「他の人間とか、違う探索手段とか、万魔殿《パンデモニウム》の魔物とか、そもそもゲノム本人とか……あるわよね」

「……あ、あるね、うん」

なにせシアタールームに突入してきたのが、ゲノムだったのだ。

もしかしたらノノが『武装集団に見つからない』場所としてあそこを選んでいた結果、ゲノム本人に見つかるという事態になった可能性すらある。

「それがあったら、どうするの」

「そりゃ……見つかるんじゃないかな？」

会話が止まる。三人の間に不穏な空気が流れる。先ほどまであった未来視に対する信頼感が、ガラガラと崩れていく。

「——あ」

不意に、ノノがうっかりしたという声を上げた。たぶん彼女の目にしか見えていない数秒先の未来でなにか起こったのだろう。

今度こそサハラの背筋に悪寒が駆け抜けた。この場にいてはまずいと立ち上がるが、遅かった。

「いたぞ！　『総督』だ！」

声を上げたのは、昨日も戦った冒険者たちである。メノウたちにのされて武装解除までされたのに、『遺跡街』まで追撃に来たらしい。

「どうする?」

「決まってる」

サハラはノノの襟首《えりくび》を引《ひ》っ摑む。マヤは自分の影とサハラの影を同化させて飛び込んだ。

この状況でやれることは、一つ。

「逃げる！」

導力弾が、残光の帯を引いてメノウに迫った。

轟音とともに撃ち放たれた弾は、発射の前から回避行動をとっていたメノウの残像を撃ち抜くにとどまった。

導力強化によって増したメノウの動体視力は、ゲノムが引き金をひく指の動きを捉えていた。問題なく回避はできる。

だが、距離を詰めきれずにいる。

「……」

メノウは改めてゲノムを見据える。

散弾の回避は困難だが、問題なく【障壁】でしのげる。機関銃の威力と連射性能は厄介だが、狙いが導力強化をしたメノウの動きについてこられていないし、躱しきれなくとも【障壁】で数秒の時間を稼ぐことが可能だ。大口径拳銃は一撃で【障壁】を貫通するため絶対に回避しなければならない。とはいえ一発ごとに使用した導力銃を廃棄しているあたり、拳銃の構造が威力についてこられずに単発で使い捨てにしなくてはならないのだろう。注意していれば必要以上に恐れる必要はない。

一つ一つならば対処は簡単だ。

だが、その三種を使い分けられると途端に脅威度が増す。

「どうだ、『陽炎の後継《フレアート》』」

接近しきれず、かといって撃ち合いだと押し負ける。それでいながら純粋概念の【劣化加速】を付与した弾丸を撃たざるをえないほど追い詰められているわけでもないという、ある意味では絶妙な戦況に足踏みをしていると、ゲノムが自慢げに銃を掲げる。

「神官どもにおもちゃ呼ばわりされる導力銃も、なかなか完成してきただろう？」

「噂通り、ご熱心なことね」

「この三つはな、ちょうど新商品として三原色の一体に開発を頼んでるんだ」

いま言い放った言葉の内容こそが、ゲノム・クトゥルワが蛇蝎《だかつ》がごとく嫌われている理由だ。市井《しせい》に潜むテロリストや冒険者たちが組織的に導力銃を携帯するようになったのは、ゲノムが台頭してからだ。

彼が、大陸各地に導力銃を流通させ続けている元凶なのである。

「どうだ？　グリザリカは独立して禁忌を解いていくんだろう。これの売買にあんたも一噛《か》みしねえか？」

「残念ながら、導力銃の禁止は継続するわ。いまその判断が正しかったって確信できたから」

「なんだ。つまんねえの」

本来ならば、魔導兵は人間が使う兵器の開発などしない。

なにせ、彼らにとっては人間を殺す兵器など意味がない。

『絡繰り世』の魔導兵の懐《ふところ》にあえて踏み込んでいったのがゲノム・クトゥルワという男だった。

武器商人。

商人であったゲノムは『絡繰り世』にいる魔導兵の一体に取引を持ちかけ、人間用の導力銃の大量生産を取り付けた。『絡繰り世』産の導力銃を大量かつ安定して売り捌《さば》くことによって、彼は大陸に名を轟《とどろ》かせる悪党に成り上がった。

生まれながらに自らが最高の兵器である彼らが人間程度を殺すための武器を自発的に開発するはずがない。彼らが作る武装は常に自分にとって最適な形をしており、人間が使うことなど想定されていない。

導力銃とは、稀《まれ》に古代遺物から産出される品を修理するか、一部の技術者が劣化再現させる程度の品で、ほんの三十年前までは大量生産など不可能だった。

「お前、あのアビリティと一緒にいるんだろう？　よければ俺と繋《つな》ぎをとってくれないかね。創作者としちゃぁ、区長どもの中でも特に評価が高い」

「年下に甘いアビィでも、あなたの言うことなんて聞くはずがないでしょう」

「バッカだなぁ。相手の求めるものを探り当てて誠心誠意お願いすれば応《こた》えてくれるもんだぜ。奴《やつ》らには、きちんと理性と知性がある。経済による対話と交渉ってのは、価値観の差異を乗り越える数少ない手段だってことも知らねえから第一身分《ファウスト》は困るぜ」

ゲノムは語るが、原色概念の中で生きる魔導兵に金銭など意味をなさない。

白夜の結界によって閉じ込められている魔導兵に対してゲノムが用意した商品は、人間という素材だった。

人体は原色の『赤』を生成するのに、優れた素材だ。

素材として人を売ることで、『絡繰り世』から武器を得た。原産地はゲノムのみが握っており、彼直参の組織から大量の武器が流通するようになる。

人を攫《さら》い、武器に変えて売り捌く。サハラと再会したバラル砂漠で潰した武装集団『鉄鎖』などもゲノムが構築した流通組織の一部だ。

「わかるだろ？　あのミシェル嬢ですら、『遺跡街』を占拠しちまえば俺たちに迂闊《うかつ》な手を出せなくなった。大事だぜ、人がなにに熱意を傾けているか知るってのはな」

「歯牙《しが》にもかけてないの間違いじゃない？　用が済んだあとで処分されるわよ」

「かもなぁ」

人の心など信用せず、この世の道理をわきまえている男は、鼻で笑う。

「その程度のリスクは負えずに、交渉も商売もできるものかよ」

ゲノムが使う兵器では、どれもこれもミシェルの導力強化を打ち破ることはできないだろう。

彼女の不死性を毀損《きそん》するものではない。

だが、メノウを殺すのには十分であることは確かだ。

「ま、ガキにはこの機微はわからんかね」

ゲノムはこきりと首の骨を鳴らす。もとからある欠損部の他に、傷はない。彼は穴の空いた顔面でかろうじて残っている左目を細める。

メノウは息を細く、長く吐き出す。心をフラットに、武器を構えた。

いままでの戦闘で導き出される最善手は、一つだ。

メノウは身を翻した。

背中を晒すことを恐れずに逃走する。ゲノムの言葉を信じるならば、彼は導力強化を使いこなせない。導力強化をして疾走するメノウに追いつくのは不可能だ。それはメノウだけではなく、先に逃げたサハラたちに追いつけないことを意味する。

別にメノウはゲノムを討伐しにきたわけではない。『遺跡街』が彼の拠点になっていることを知らずに飛び込んでしまっただけだ。

正面からの消耗戦に付き合う義理はない。

いまある魔導系統で、死からの復活に近いことをできるのは一つ。

魂と精神を別の器に移植できる、原色概念だけだ。

「あれは、本体じゃない……！」

サハラやアビィと同じだ。魂と精神を別の場所に保管して、自分以外の肉体を端末にして操作している。端末でしかない肉体を叩くことは限りなく無意味になる。

「見抜くのが早いな」

即断したメノウに称賛を送る声は、前から聞こえた。

進行方向に、置き去りにしたはずのゲノムがいた。

ギョッとしながらも、とっさに身をのけぞらせる。

急制動に体が軋んだ。そらした顔面スレスレに大口径弾が通り過ぎる。大きく跳び退きたい気持ちをぐっと堪《こら》えて、後方に意識を割《さ》く。

まさか。

最悪の予想がメノウの胸中に湧《わ》き上がる。導力強化を使えないというゲノムの言動がブラフならば、まだいい。メノウをも上回る導力強化で追い抜いて先回りをして攻撃を仕掛けたというのなら理解の範疇《はんちゅう》にある。

だが、そうでなかったら。

嫌な予感が的中した。

「俺から逃げ切れると思ってるのが、大きな間違いだけどな」

後ろからも、先ほど置き去りにしたゲノムが現れる。

前と、後ろ。メノウを挟む位置でゲノム・クトゥルワが二人も存在していた。

見比べても、顔の造作や体型に違いはまったくない。完全な同一人物が倍に増えた機関銃の銃口で、メノウを狙う。

十字射撃の交点が、直前までメノウがいた空間にきらめく。弾丸は固形化された導力だ。美しい軌跡を描いているが、その実、直線上にいれば死は免れない。

空中に跳んで回避したメノウを追って、ゲノムたちが武器を持ち替えた。二人になったゲノムが、完全なコンビネーションでメノウに狙いをつける。片方が散弾銃。もう片方は大口径拳銃。散弾を【障壁】で防がせるのと同時に、大口径弾で撃ち抜こうというのだろう。

メノウの選択が【障壁】でしのぐか【疾風】で躱すかに絞られた。どちらにしろ、無傷でいられる可能性は低い。

教典があれば。

脳裏に掠《かす》めた思いを振り払う。この状況下では、多人数の制圧に優れた教典魔導が本領を発揮する。だが教典魔導に頼ろうなど、あまりにも未練がましい。教典を作成しているハクアに捕捉されないために手放したという理由はあれど、メノウが左手に持っていた教典を破棄したのは、自分が第一身分《ファウスト》から脱却するという決意の象徴でもあった。

あれは自ら捨てたのだ。

「――ッ！」

目を見開く。脳みその思考をぶん回す。あっという間に打開策が見つかる。

無理をすれば、いい。

『導力：接続――戦闘服・紋章――発動【多重障壁】』

『導力：接続――短剣・紋章――二重発動【導糸・疾風】』

二つ異なる媒体での紋章魔導を同時発動。【障壁】を展開したまま、【疾風】を推進力にして真《ま》っ直《す》ぐに放たれた短剣が最短距離で前方にいるゲノムの心臓に突き刺さった。

背後からもう一人のゲノムが散弾を連射して浴びせかけてくるが、拡散する小粒の導力弾では【障壁】は小揺るぎもしない。

「舐《な》めないで」

短剣銃の銃口を、ぴたりと合わせる。

【加速】を使うまでもない。シアタールームの会話で露呈したが、ゲノム最大の弱点は、防御力のなさだ。簡単な紋章魔導すら使えないのならば、【障壁】を張ることすらできない。立ち止まってでしか導力強化が使えないということは、敵からの攻撃に対して棒立ちになることを意味する。

彼は、生身の人間の限界を超える攻撃を防ぐ手段を持たない。

「私は『陽炎《フレア》』を殺した女よ」

メノウは引き金をひいた。

放たれた導力弾が、散弾銃を持っていたゲノムの額に穴を開ける。異様な造作とは裏腹に、急所は普通の人間と変わらないらしい。目から意思の光が消失して倒れ伏す。

「ふ、っうー」

息を整える。

敵を排除しながらも、メノウは警戒を解くことなく周囲の気配を探る。

この戦闘がいまの二人で終わるなどという楽観は、倍に増えたゲノムを見た時点で捨てていた。

ゲノムの力の絡繰りは、ほぼ間違いなく原色概念を由来とする特殊な魔導だ。だがサハラとは体を取り替える種類の発想が違った。

核となる部分を移植して、自分の体をすげ替えることを可能としているわけではない。ゲノムは最初から、動かしている肉体を自分のものだと考えていない。自分の体を動かすという意識すら捨て、完全な駒とみなして動かしている。

どういう思考処理をすれば、自分を二人同時に動かせるのか。メノウには想像もつかない境地だ。しかも、二人が限界ではないだろう。

今度の足音は、四方から聞こえた。

「……はっ」

覚悟していたとはいえ、新たに現れた人影に絶望を感じなかったかといえば嘘だ。乾いた笑いがメノウの喉《のど》を震わせる。

「導師《マスター》が殺せなかった理由もわかるわね……。あなた、部下なんていらないんじゃない？」

「バカいえ。俺は可愛《かわい》い部下に守られて成り上がったんだぜ？　俺の力になってくれる部下たちを捨てられるものかよ」

快活に笑うゲノムが、四人。四者同一に顔に穴を開けた男たちが、まったく同じ動きで導力銃を取り出して四方からメノウを狙う。

　命を懸けていない戦闘は、さぞかし楽しいことだろう。この四人を倒して、次が八人に増えても驚かない。その次は十六人だ。

　見せつけられた非現実的な現実に、ゲノムが個人戦力の最高峰といわれる意味を嫌でも理解させられる。

　彼は個体として強いのではない。個人で群体となれるからこそ、さらには増えた自分たちに残らず武装を行き渡らせることができるからこそ、戦力の最高峰なのだ。

　あらゆる偉人や才人を差し置いて、凡才を自称する彼が個人として最高峰の戦力と謳《うた》われるだけはある。

「処刑人ってやつはどいつもこいつも人の機微がわかってねえからいけねえや。『陽炎《フレア》』といいお前といい、敵を殺せば世界がどうにかなるって勘違いしてねえか？」

　どこにある。

　メノウはあるものを探して視線をめぐらせる。

　自分の肉体を放棄した原色概念の使い手との戦いほど不毛なものはない。端末をいくら潰したところで、残機がある限り復活を続けるからだ。

　導力は、経路がなければ働きを失う。ゲノムの肉体を動かす経路は、彼の顔に空いた穴だ。

　だがそこから侵入しようにも、人が通れるほどの幅はない。

どこかに複数の肉体を指揮して動かしている本体があるはずだ。サハラの本体が導力義肢の右腕であるように、導力の源である魂と記憶と人格の核である精神を通じて肉体を動かす司令塔がある。遠隔操作の距離限界も考慮すれば、もっとも可能性が高いのが、『遺跡街』中央にある環境制御塔だ。

現代技術では不可能な建築技術で組み立てられた、上下一対の巨塔。中心に『絡繰り世』の入り口を咥《くわ》え込んでいる環境制御塔は、下手な要塞よりも立てこもるのに向いている。しかも上下の街を物理的に繋ぐ、唯一の通路だ。

この地下空間で、もっとも身を守るのに向いている要所だ。

意識が一瞬、そちらに向いた。もちろん、自分を囲む四人には十分注意を払っていた。視界にいるどのゲノムが動こうとも即応できる自信があった。

だからこその隙を突かれた。

なんの前触れもなく背中から思い切りぶん殴られたような衝撃を受け、メノウの胸が弾《はじ》けた。

「……」

一瞬、なにが起こったのかわからなかった。

致命傷を与えた音は、遅れて聞こえた。

たった一発、遠く、広く響く、発射音。その技能を持つ人間があまりにも少ないために、無意識に警戒していなかった攻撃手段があった。

「そ、げき……」

半分以上潰れた肺が血で溺《おぼ》れて、気管から喉元《のどもと》を通して呼吸もできずに吐血する。

視線が、自分の胸元に落ちる。

胸元の留め金が壊れたフードマントが、肩から滑り落ちる。あらわになった傷口から、どっと血が噴出した。背中から胸元を貫通している致命傷だ。体幹が不安定になる。踏《ふ》み止《とど》まろうとするも、踏ん張りが利《き》かない。

どさり、とメノウの体が崩れ落ちた。

とめどなく出血が続く。断末魔すら許されない。即死でなかったのが幸運な傷だ。急速に意識が遠ざかっていく。まぶたを閉じるまでもなく、視界が揺らいで世界が真っ白に消えていく。

走馬灯は、見なかった。


「こんなもんか」

血飛沫《ちしぶき》をあげて倒れた少女を見て呟《つぶや》いた男たちの声は、平坦だった。

倒されるたびに増えていったゲノム・クトゥルワたちの視線の先で、『陽炎の後継《フレアート》』メノウの地面についた淡い栗毛が徐々に鮮血に染まっていく。比例するように、彼女の体からは命の気配が消失していった。

徐々に増やしていった人数も、三種類の導力銃での白兵戦も、最後の狙撃のための布石だ。

なにせ勘のいい人間になると、単純な狙撃を直前で察知して回避することがある。視線やら殺気やらを察知するという、凡人を自覚するゲノムからすれば意味不明としか思えない直感が戦場には存在するのだ。

だから、慎重に相手の認識が視界にいるゲノムたちだけに集中するように演出した。とどめを刺すために、銃口を頭に向ける。

勝利に、感慨はない。

一方的な勝利をつまらないと感じるようになって、だいぶ経《た》つ。彼にとって、ほとんどの戦いは作業に過ぎない。

ゲノム・クトゥルワの経歴は、十二歳になるまでは非の打ち所がないほどに真っ当だ。

彼はもともと第三身分《コモンズ》の少年だった。

両親のもとで穏やかに育ち、明るい性格から友達にも恵まれ健やかに育った。

そんなゲノムが誘拐されたのは、本当にたまたま、運が悪かったからだ。友達と夕暮れまで遊んで、ちょっと帰るのが遅くなったから、近道しようとして人気のない路地裏に入った。

罪とはいえない、油断ともいえない、本当に不運としか言いようがない誘拐被害だった。

売り飛ばされた先は禁忌の研究者だった。

原色素材と紋章刻印の研究に没頭し、やがて人体と紋章の融合技術へと傾倒して禁忌に堕ちた研究者だった。幾人もの人間を攫っては拒絶反応で失敗し続け、牛歩の歩みで技術を進めていた研究者は、おそらく天才の類《たぐい》だった。

彼はゲノムに禁忌の実験を施した。

人体に原色の輝石を刻み込む実験だ。

素材としての噛み合《あ》わなさ。単純な痛みと拒絶反応による耐《た》え難《がた》い苦痛の果てに、ゲノムは生き延びた。

結果をいえば、実験は失敗だった。

ゲノムはなんの能力にも目覚めることなく、ただ生き延びた。導力操作の才能を失うというおまけつきだ。

不完全ではあったが、それはその研究者の、あるいは古代文明が崩壊してからの初めての生存例だった。ゲノムが生存した要因は何だったのか。データをとるためにと監禁生活を強要されていたある日のことだった。

一人の神官によってその施設が壊滅した。

見事な手際だった。毒、内通者、暗殺。その三つの要素で、天才だったかもしれない研究者はすべての実験データごとこの世から葬り去られた。

その時、ゲノムは助かったと思った。これでモルモットの生活は終わる。家族のもとに戻れる。真っ白な神官服を着た赤毛の少女は、比喩抜きで天使か聖女の類に思えた。

だからゲノムは、たった一人で施設を壊滅させた赤い髪をした神官補佐のもとに駆け寄って、涙ながらに礼を繰り返した。ありがとう。ありがとう。助けてくれてありがとうと、心から感謝を捧げた。

――この施設の被検体が、生きているとはな。

感心したように一言。彼女はなんのためらいもなく、ゲノムに刃を突き立てた。

――禁忌の成果物だな。死んでおけ。

のちの処刑人『陽炎《フレア》』。人を殺すのが天職である少女に、同情という感情などなかった。

ゲノムは、『陽炎《フレア》』に心臓を突き刺されたあの時まで、罪を犯したことなどなかった。誘拐され、実験を施された哀《あわ》れな被害者だった。

だというのに、害虫でも踏み潰すように殺されかかったのだ。

あの時にゲノムの逃走が成功したのは、幸運としか言いようがなかった。実験の副産物として、ゲノムが異常な生命力を持っていたこと。炎上していた建物が崩落して、少女の追撃を阻んだこと。施設の壊滅させた作戦行動自体が、まだ白服だった神官の独断先行であったこと。

数多くの幸運が重なって、ゲノムは第一身分《ファウスト》の魔の手を逃れた。

家族のもとに帰れるはずもないゲノムが行き着いた先は、未開拓領域を根城とする冒険者たちのナワバリだった。

行き場のなくなった人間たちが行き着く果て。そこで、ゲノムは牙《きば》を研いだ。

禁忌であるというだけで、殺されなければならない理不尽さ。いまの平穏を保つために存在する、圧倒的な歪み。

　彼女たちは自分たちの正義を信じているのだろう。

　だから、第一身分《ファウスト》が気に入らない。

　生き延びたゲノムは世の中を変える力を求めた。指名手配されて敵が集団化すれば、冒険者をまとめ上げて犯罪集団を作り上げた。現在の身分制度の崩壊を謳った『第四《フォース》』の盟主には期待したが——奴は結局、失敗した。そもそも【使徒《エルダー》】であることすら忘れていた盟主には、世界を変革する資格がなかった。

　理不尽に抗《あらが》うため、『陽炎《フレア》』を殺すために、一切《いっさい》、手段を択《えら》ばなかった。

　そしてゲノムは、敗北し続けた。

　一度たりともまともな勝負には持ち込まず、ゲノムの部下たちを削り、追い詰めてきた。隙があったとすれば【光】の純粋概念を持った少女と一緒にいた時くらいだ。彼女を人質にとっての戦いですら無残に敗北し、顔面に刃を叩《たた》き込《こ》まれたゲノムは逃走の果てに東部未開拓領域に落ち延びた。

　そして、人の世界ではない『絡繰り世』の奥地に踏み入ることではじめて、ゲノムは己に刻み込まれた原色概念の扱い方を知った。

　自分の能力を洗練させ、さらに力を蓄えた。のちに『絡繰り世』まで追ってきた『陽炎《フレア》』を撃退し、次こそは殺せると確信できるほどに力を高めた。

だからこそ、『陽炎《フレア》』の末路には納得していない。

「勝手に死にやがってよぉ……」

自分が殺すか、自分を殺すか。

そのどちらかのはずだった女の結末に、ぎりりと奥歯を噛み締《し》める。

弟子も、この程度の有様だ。

せめて処刑人ならば処刑人らしい立ち回りをすればいいものを、仲間を逃すためのしんがりを引き受けるなど失笑ものだ。案の定、無様《ぶざま》を晒して死んだ。

「そんな戦い方、習ってねえだろうに」

『陽炎《フレア》』ならば、こんな程度で死ぬはずがなかった。

隠れ、潜み、油断をさせて格上の禁忌を殺す。

それが処刑人という分際だというのに、神官服を纏《まと》うことをやめた『陽炎《フレア》』の弟子は、なにを考えていたのだろうか。

『陽炎《フレア》』の弟子だと少なからず意気込んでいたぶん、落胆も大きい。

だからゲノムが予想もしていなかった現象が起こった時に口から漏《も》れた声には、むしろ喜色が含まれていた。

『導力：接続――』

「お？」

魔導構築の気配とともに、メノウの肉体を導力光が包み込む。乱舞する光の粒は、徐々に規則性をもって形を作っていく。

『不正定着・純粋概念【時】――』

導力光が、大きな振り子時計の形を形成した。

時間を象徴する機能の形。かちり、と時計の針が逆に回る。

『発動【回帰】』

純粋概念の魔導が、発動した。

逆光する時計の針に合わせて、胸部の欠損が塞がっていく。治癒による再生ではなく、文字通り、巻き戻るかのようにして元に戻ったのだ。

だが、むしろ異常はこれからだった。

むくり、と少女が起き上がる。

死を克服した彼女には、やはり傷口はおろか、服に付着したはずの血痕すらも見当たらない。治癒ではなく、死すらも超越する時間回帰が行使された証《あか》しだ。

そして、もっとも注目すべき変化は、彼女の髪の色だった。

「……いかす髪色じゃねえか」

淡い栗毛の毛先が、薄墨《うすずみ》で刷《は》いたような黒色に染まっていた。

この世界に、髪の色の変化を軽視する人間はいない。髪の色は遺伝的なものだけで決定されるのではなく、魂から湧き出る【力】の強さや性質で左右されるのは常識レベルの話だ。
髪の色が急激に変化しているということは、魂が変質するほどのナニカがその人物の内部で引き起こされていると予測できる。
それを示すかのように、目の前にいる少女の雰囲気は、先ほどまでとはがらりと変化していた。

「お前、誰だよ?」

「め、のう……」

視界から、少女の姿が消える。

目線は、一瞬たりとも外していなかった。複数人いるゲノムの視界すべてが直前まで少女の姿を捉えながらも、彼女の姿を見失った。わずかなりとも気配の片鱗《へんりん》を摑めたのは、遠方から戦場を俯瞰《ふかん》している狙撃役だけだ。

自分の背後に、なにかが出現した。

戦場から百メートル以上は離れたビルの一室にいた彼は、おぞましい気配に振り返ろうとして、胸元に違和感を覚えた。

反射的に手で探ると、心臓が刃に貫かれていたのがわかった。

「お」

心臓から血を噴き出したゲノムは、感嘆の声を上げて死亡した。死ぬ間際《まぎわ》に自分を殺した少女を確認しようとするが、背後にいたはずの彼女は消え去っていた。

そしてまた、メノウの形をしたナニカは彼らの囲いの中に現れる。

じわり、と女の髪色が黒く染まっていく。

「こりゃ……」

ゲノムの口から茫然《ぼうぜん》とした声が漏れる。

速い。いや、速度の問題ではない。少女の行動は、距離と時間を完全に無視している。

ゲノムたちの囲いから消える。百メートル先にいた狙撃役に刃を突き刺す。もとの場所に帰還する。

三つの行為の結果だけが存在して、間にあるべき過程の時間が存在していない。ここにいるどの自分も、彼女の動きを捉えることができていない。

身体能力の強化で得られるスピードを超越している。

「めのう、ちゃんに……」

目の間にいる女が、のろのろと口を動かす。緩慢な動作。茫洋とした視線。見るからに回転していない思考回路。まるで寝起きだ。

虚《うつ》ろだった少女の瞳が、はっきりと焦点を結ぶ。

「メノウちゃんに、手を、出すな」

今度は、少女の姿を見失うことすらなかった。

静止したまま、そこに立っている。
違いといえば、握った短剣銃の刃にベッタリと血が付着している点だ。

「ッ！」

自分の一人が、声にならない悲鳴を上げて倒れた。
頸動脈《けいどうみゃく》を掻《か》っ切《き》られ、派手に血が噴出して死に向かっている。少女が持つ短剣銃にかっさばかれたことは疑いの余地がない。

「ははっ」

この理不尽。間違いない。先ほどまで『陽炎の後継《フレアート》』が短剣銃を媒介にして中途半端《ちゅうとはんぱ》に使っていた魔導とは、質が違う。人間の精神を経由して発動される純粋概念ではない。
真正の純粋概念。限りなく、概念に近い人型。異世界人がこうなるための雛《ひな》でしかないと知らしめる、この世界最大の災害。
人災《ヒューマン・エラー》だ。

「お前が【時】の人災《ヒューマン・エラー》か！」

叫び、この場にいる全員で機関銃を斉射した。
一秒で百発を超えて放たれた導力弾は、少女の手前で停止した。複数人のゲノムによる機関銃の斉射で吐き出される導力弾のすべてが【時】の人災《ヒューマン・エラー》の目前で物理法則を完全に無視して虚空に固定される。構わず撃ち続ければ、指先ほどの弾丸が瞬く間に積み重なって壁となる。少女を攻撃しているはずが、まるで彼女を守る囲いを分厚くする手助けをしているかのような錯覚を覚えてしまう。

これが【時】の人災《ヒューマン・エラー》。いや、彼が知っている人災《ヒューマン・エラー》とは少し違う。もしかしたら、この世界の人間が純粋概念を使っている弊害かもしれない。

一分近く続いた銃撃が、止《や》んだ。

ここにいるゲノムたちの導力が尽きたのだ。十人で秒間十発近い掃射を、一分間。合計六万発の弾丸が完成させたのは、おびただしい数の導力弾でできた球体だ。

「参るね、まったく」

一発たりとも、通らなかった。

思わず苦笑いを浮かべたゲノムが見ている前で、銃弾の向きが裏返る。

「やっべ」

次に起こる現象がありありと想像できる動きに、ゲノムの顔が引きつる。

時の魔導による【停止】は、物理エネルギーを消耗させせない。時間が停止されている物体は、もとの運動エネルギーを保持し続ける。【停止】が解除されれば、もとのエネルギーを取り戻すのだ。

とっさに各々《おのおの》が武器を放棄して身を伏せ、物陰に隠れる。運がよければ助かるはずだ。

常人ができる判断と回避行動は、人災《ヒューマン・エラー》の前では無意味だった。

『導力：接続――不正定着・純粋概念【時】――発動【加速】』

一塊となっていた銃弾の集合体が、弾けた。

【加速】が付与された六万発の導力弾が、四方八方に放たれた。回転数と弾速が過剰なまでに増幅された一発一発が、必殺の威力。音すら消える衝撃の放射に、囲んでいたゲノムたちが全員なすすべもなく撃ち抜かれる。原形すら残らず、血煙すら土埃《つちぼこり》に混ざって消え去る。

ゲノムだけではない。

周囲の建築物も同様だ。倒壊などという生やさしさはなく、瓦礫も残さないほどに砕いて吹き飛ばし、少女の周囲にあるものすべてを等しく崩壊させた。

あとには、なにも残らなかった。

足場もなくした少女は、ゆっくりと落下する。天井《てんじょう》区画から、地下の地面まで緩く降下して足をつけた少女は、天を仰ぐ。

天井の街の一部が半球状にぽっかりと抉れていた。

まるで爆心地である。天井の街を見つめる少女は、表情の欠落もあって、非人間的に美しい。

彼女に近づく足音がした。

そちらに顔を向けると、二人の人物がいた。

「やってるねぇ。さすがお父母様と同じ人災《ヒューマン・エラー》ってとこかな。おねーさんも戦いたくはないや」

一人は、アビィだ。彼女のことは知っている。三原色の魔導兵。脅威である彼女に指を向けようとして、瞳が戸惑いに揺れる。

アビィの隣に立っているもう一人も、少女が知っている人物だったのだ。

「……モモ、ちゃん」

「ア、ア、アカリ」

モモが、少女の名前を呼ぶ。キャリーケースにしている白い箱を地面に倒して、その上にどっかりと座る。

「まだ、引っ込んでなさい。お呼びじゃありません」

「……ま、だ？」

「そうです。まだ、時間じゃありません」

「で、も……ぅ」

モモの踵《かかと》が、白い箱を打つ。アカリと呼ばれた少女はわずかに顔をしかめる。

「いいから」

それは説得でも強要でもない。

懇願だった。

「……」

しばらく、二人は見つめ合う。

先に目を閉じたのは、メノウの姿をしたほうだ。

全身を脱力して、立ち尽くす。

黒くなっていた髪の色が抜けていく。

ふう、とモモが息を吐く。

ぱちぱちとアビィが拍手をする。

「お見事な宥《なだ》め方だね、モモちゃん。これが、モモちゃんが見せたかったもの？」

「ええ。私が見たかったものでもあります。ここからは、別行動ですね」

モモが吐き捨て、踵《きびす》を返す。

「あれ？　いいの？　モモちゃん、メノウちゃんとアカリちゃんのために、半年前に私と取引したんじゃなかったっけ」

「言ったでしょう。私は見るものは見ました」

モモは酷薄《こくはく》な口調で、はっきりと宣言する。

「その人は、私の敵です」


ずきり、と鈍い痛みが走った。

「うっ……」

頭痛を堪えるために、頭を押さえる。その動きで、メノウは自分の意識の覚醒を自覚した。

「あ、れ？」

メノウは、周囲を見渡す。自分がどこにいるのか、わからなかったのだ。先ほどまで天井区画で戦っていたはずが、いまは周囲になにもない窪《くぼ》んだ更地にいる。

「私は、なにを……」

致命傷を負ったあとの記憶が抜け落ちている。

胸元を触ってみるが、怪我はない。それどころか服に穴すら空いていない。悪い夢を見ていたのだと言われたら納得してしまいそうだ。

上を見上げると、天井の街が見えた。

「……落ちた？」

普通に落下すれば、メノウが助かるはずがない。

周囲の惨状とゲノムがいないことから察するに、純粋概念を使って窮地を切り抜けたのだろう。代償としてその記憶が消費されてしまったというのなら納得できる。

「とにかく、『星骸』よ」

一時的にとはいえゲノムを撃退したというのならば、それでいい。

『星骸』が異世界送還陣だというのならば。

アカリが意識を取り戻した時に、彼女をもとの世界に帰してあげるという選択肢が取れる。

メノウはアカリとともに生きたい。

だが、メノウは自分が長く生きていられるとは思っていなかった。

自分が死んだ後に、アカリのためになる道がいる。

「環境制御塔に、行かないと」

頭痛も治まってきた。

もう大丈夫だと行動を再開するために顔を上げた時だ。

「メノウちゃーん！」

「うぐぅ⁉」

ものすごい勢いで体当たりをかましてきた人影を、受け止め損ねた。

衝撃に体がくの字に曲がる。すわ新手の襲撃かと戦慄するが、追撃はなかった。飛びかかってきた女性はメノウの体に顔をうずめている。

こういうことをするのは、一人しか――いや。

一人も、知らない。アカリだって、出会い頭に抱き付きはしない。

忘れた記憶が喉につっかかるようなもどかしさに胸を掻きむしったのは、一瞬だ。思い出せない感情は振り払って、メノウは怒鳴りつける。

「なん、のつもりぃ！　アビィ！」

「いーじゃん！　再会を喜んでも！」

ゲノムとの激戦をかろうじてしのぎ、勢力が混沌としている『遺跡街』でメノウはアビィと合流した。

『遺跡街』の大通りを走っていた男の一人が、不意に立ち止まった。

地下街からメノウたちを追っている冒険者の一人である。彼らは派手に鳴り響いた戦闘音を聞いて現場に駆けつけているところだった。

ゲノムの支配下にあるため、サボタージュは許されない。不服従の結果がどうなるか、よくよく知っているからだ。

足を止めたのは、珍しいことに導力義肢を付けた男だった。ゲノムが地下街にやってきたことで、一つだけ手放しに喜べることがある。

彼から地下街の住人に、無償で導力義肢が配布されたのだ。

『武器商人』と呼ばれるゲノムが、独自の商材として導力義肢を取り扱っているのは有名な話だ。いままでの戦闘家業で手足を失っていた冒険者もいたため、こればかりは素直に感謝して、自由に動かせる自分の手足を接続した。

目の前の男も、そんな一人だ。しきりに金属製の義肢をさすりながら、神経質に視線を巡らせている。

「どうした？」

「いま、声が聞こえなかったか？」

「はあ?」

なにも聞こえなかった。耳をすませてみるが、先ほどの戦闘音も静まっている。

だが相棒は不安げに、キョロキョロと周囲を見渡す。

「ほら、やっぱり声が……あ」

不自然に台詞が止まった。ぶるぶると体を震わせ始める。

さすがに様子がおかしい。ペアを組んでいる男が肩を掴んで軽く揺する。

「お、おい。どう　した?」

「あ、ああ……ああああああああ、ば」

べこり、と異音を立てて彼の顔に穴が開いた。

あまりの光景に、男の思考が停止する。最悪、そのまま死んだというのならまだ理解できる。まったく意味がわからないが、魔導現象がありふれた大陸では、男が理解できない現象などいくらでもある。

だが、相棒の変化はそれだけにとどまらない。

ぼこぼこと肉体が沸騰するように蠢《うごめ》いている。体が変形しているのだ。しかも、彼は生きている。生きたままの人体にあらざる異様な動きが収まる頃には、大陸の悪党でももっとも恐れられる人間が完成した。

男は恐怖に体を震わせる。

「ぼ、ボス……」

ゲノムが、ちらりと視線を男に向ける。

「あー……俺の部下じゃなくて、冒険者のほうか」

「ひゃ、は、はいぃ！」

「運が悪かったな」

「へ？」

戸惑っている間に大口径拳銃を取り出し、冒険者の頭を吹き飛ばした。

「さすがに、どこぞの馬の骨が見ていいもんじゃねぇんだわ、いまの」

自分の能力を隠し通すために作った死体を足元に置きながら、ゲノムは先ほどの戦闘を思い出す。

「あれが、【時】の人災《ヒューマン・エラー》か」

大したものである。なすすべもなく駆逐されてしまった。非才の身には、少しばかり荷が重い。

「だが、悪くねぇ」

ゲノムは舌なめずりをする。

あの程度の戦闘で顔を出すというのならば、もっと激しい戦闘に巻き込めばどうなるのか。

『陽炎の後継《フレアート》』という脆弱《ぜいじゃく》な存在は消え去って、世界の時すら止める【時】の純粋概念が剝《む》き出しになる。

　そうすれば、一つ。

『陽炎《フレア》』によって『絡繰り世』に追い詰められて以来のゲノムの望みが、ようやく叶《かな》うのだ。

　ゲノムは、環境制御塔に目を向ける。上下に伸びる二つの巨塔の中心には、導力光が渦巻く球体がある。

　この大陸でいまは二つしかない、『絡繰り世』への入り口だ。少し前にゲノムがバラル砂漠で部下に命じて作らせようとしたものが自然発生したのだから、笑うしかない。

　あんな素晴らしいものが二つしかないなど、あまりにも寂《さび》しい話だ。

「だよなぁ。わが心の故郷、『絡繰り世』」

　メノウが環境制御塔に着こうが、彼女ではなにもできない。追い立てるべきは【星読み】だ。『遺跡街』の機能を一手に引き受ける演算能力を持つ彼女は優先的に処分しておかなければならない。

　ここは、ゲノムが生きていられる数少ない土地なのだ。

　どちらにせよ、あと一押し。

「このくだらない世界を滅ぼすために」

　不敵に笑ったゲノムは、銃を片手に立ち上がった。

処刑少女の生きる道《バージンロード》

五章

ゲノム・クトゥルワ

半年前。

【世界停止】により白夜の結界に穴が空いた。それまで一色かごく稀《まれ》に二色までしか出ることができなかった魔導兵たちが、三原色まで脱出できるようになった。

その時にアビィが真っ先に『絡繰り世《からくよ》』から外に出たのには、彼女なりに理由がある。

一つ目は、最初に彼女が出れば他の三色は出ることができなくなるからだ。白夜の結界の穴は、定員制と言い換えてもいい。外に出られる容量が限られているのだ。

そして二つ目、他の弟妹たちは排他的な傾向にある。彼らが審査すれば、三日で人類不要の烙印《らくいん》を押すだろう。そもそも方舟《はこぶね》に乗せるのは自分たちだけでいいと言っていたのだ。

仲間思いに育ってくれて嬉《うれ》しいが、人間たちを仲間外れにするのはよろしくない。

弟であり長兄であるギィノームに自分の役目をすべて押し付けることで他の魔導兵全員を出し抜いたアビィは、『絡繰り世』に新しく空いた穴から外の世界へと脱出した。

とりあえずの目的は、外でできた新しい妹。自分の本体がどうなっているかも知らず、端末に意識を置いてうろうろしている彼女を確保するつもりだった。

だが上下に並ぶ街並みで真っ先に出会ったのは、白い箱に座った少女だった。戸惑いに動きを止《と》めたアビィに、彼女は語りかける。

「ここは地下『遺跡街』です。本来は封印されていますが、とある奴の気まぐれで私は招かれました。そいつ曰く、これ以降、入り口は開きっぱなしになるそうです」

親切な少女が場所を教えてくれる。

「私の名前はモモといいます。アビリティ・コントロール。取引をしましょう」

なぜ自分の名前を知っているのだろうか。疑問に思うアビィに対して、モモと名乗った少女は椅子にしていた白いキャリーケースを開けた。

中には、しゃがんだ姿勢で固まっている少女がいた。黒髪で童顔のかわいらしい少女だが、もっとも目を引いたのは胸元《むなもと》だ。

白い刃が刺さっている。そこに秘められた力はアビィの興味を引くのにあまりあった。

「私は、こいつをどうあっても隠して守り通さなければいけません。そこの入り口から、お前の地区に入れて守り通すことを要求します」

アビィは答えかねた。魔導兵にとって、自分の地区に異物を入れるのは気持ちいいものではない。モモの提案を人間の感覚に置き換えると、隠しものをするために口から飲み込んで胃に隠す程度には不快感が発生するものだ。

「利点は二つあります」

それを知ってか知らずか、モモは指を二本立てて淡々と続ける。

「一つ。こいつの情報そのものです。異世界人であり、『塩の剣』付きです。お前の方舟に乗せるかどうか検討する対象にはなるでしょう。微細導器群体《マイクロマシン》レベルで情報を解析すれば、なにかしら得られるものがあるかもしれません」

方舟のことも知っている。警戒度が上昇する。

「二つ。お前の捜している人間の居場所を教えます。笑える話、原色概念に取り憑《つ》かれた人間もどきです。そいつと一緒にいる人たちと一緒に行動することで、お前の望む情報は手に入るらしいですよ」

アビィはジェスチャーで承諾の意思を伝えた。アビィにとって、同族以上に大切なものはない。自分より幼いのならば保護対象であり、自分より長く生きているなら破壊対象になる。妹の情報が手に入るなら、多少の不快感を飲み込むことに迷いはない。

「あと、これは純粋に助言なんですが」

話を聞きながら羽を休めているアビィを見るモモの目は、なぜか微妙に戸惑っていた。

「綺麗《きれい》だとは思いますけど……こっちにいるうちは、人の形をとったほうがいいと思いますよ」

その助言を聞いて、モモから黒髪の少女の体を預かって以来、アビィは彼女を成長させた擬態をしている。

地響きが、サハラの背中を打った。

遺跡街が丸ごと揺さぶられるかのような揺れだ。肩越しに振り返ると、地下天井《てんじょう》にぶら下がっていたいくつかのビルが丸ごと落下していく光景が見えた。

メノウとゲノムが戦っていたはずの場所だ。崩壊の中心部は、なにも残っていない。

特に巨大だった『駅ビル』すらも衝撃で消え去った光景に恐怖を覚えつつも、サハラは地面を蹴《け》って進む。

メノウたちのほうの戦闘は終わったのだろうか。どちらが勝利したのか。メノウの勝ちを確信できるほどゲノムは容易《たやす》い相手ではないことを、サハラはよく知っている。

そもそも、人の心配をしていられる余裕など、いまのサハラにはなかった。

「いたぞ」

サハラは追いかけ回されていた。

シアタールームに乗り込んだゲノムとともに来ていたのだろう。映画館の周囲の建物を取り囲んでいたのならば明らかに先ほどの攻撃に仲間が巻き込まれているはずだが、そちらを顧《かえり》みる様子はない。

「いけー！　そこだぞサハラ君！　あ、違うって！　いま【導力砲】を撃てば一網打尽にできただろー！　ほらいまっ。……あー、タイミング逃したなぁー」

　この足手纏《あしでまと》い二号さえいなければ、とっくの昔に逃げ切れたはずだ。

　サハラによって小脇《こわき》に抱えられているノノは、さっきから戦闘に参加するそぶりがないのに指示だけは一人前だ。なまじ未来が見える【星】の目がついているものだから、自分の指示が正しいと確信できてしまうのだろう。

　率直に言って、大変うざったい。

「ノノさぁ」

　もはや定番の避難場所であるサハラの影から、ひょっこりとマヤが顔を出す。

「戦えないくせにヤジ飛ばすのやめたら？」

「なんだよぅ。ボクの楽しみを取り上げないでくれたまえよ。やいやと騒ぐのが一番楽しいんだぞ？」

「うざ」

　マヤが白い目でノノを酷評する。

「……やっぱり、こいつって戦えないの？」

　うるさい割には自分で動かないとは思っていたのだ。魔導兵のくせに戦えないということはないはずだが、と疑念の視線を向ける。

「少なくともあたしはノノが戦っているところ、一回も見たことないわ。実際、どうなの？」

「嫌だなぁ。天才たるボクは生まれてから十七年間、戦闘なんていう野蛮なことをしたことがないぜ？」

この状況で役立たずですという自己紹介をしているのに、なぜか得意げに胸を張る。サハラに抱えられてそんなことをするから、ただのエビぞりの姿勢である。

「この体も演算用だから身体機能は人並み以下だ！　見た目通りのか弱い天才美少女として丁重に取り扱ってくれたまえ！」

「足手纏いっ……圧倒的ただの足手纏い……！」

「ホントにね。自信満々に言うことじゃないのに、なんで誇らしげなの？」

「マヤもボクと変わらないだろ？」

「ハァ!?　サハラはあたしの下僕だからいいの！　ね、サハラ？」

足手纏い一号が足手纏い二号と一緒にするなと同意を求めてきたが、戦闘という分野だと役に立たなさはどっこいどっこいである。これが古代文明を崩壊させた四大人災《ヒューマン・エラー》の元凶の半分だというのだから泣けてくる。

「……ぐす。ほんっと、私はなんでこんなことしてるの……？」

【魔】と【星】。史上で最も有名な純粋概念持ちを二人連れての逃避行だ。グリザリカでだらだらしていた頃が懐かしい。そういえば、いま突然いなくなった自分はどういう扱いを受けているのだろうか。アーシュナあたりが捜してくれているといいなぁ、別に『盟主』は探してくれなくていいや、と平和だったあの頃に思いを馳《は》せる。

ちょっと涙目になりながらも、街を駆け抜ける足は一瞬たりとも止まらない。

曲がり角を右折して、舌打ちを飛ばす。

体の一部に導力義肢を付けた集団。ゲノム直属の部下だ。冒険者から逃げていたら、もっと悪い相手に行き当たった。

しかもここで戦闘をすると、先ほどの冒険者たちがやってきて挟み撃ちにされてしまう。

「ほらー。さっき倒しておかないからだぞ。増えてきたじゃないか」

イラっとしたサハラのこめかみに青筋が浮く。

ノノの言う通りなのだが、戦えない分際がしたり顔で指示を飛ばしてくるのはあまりにも神経を逆撫《さかな》でされる。そもそも義肢を付けている相手ならば、最悪でもマヤの純粋概念があれば負けることはないのだ。

ここでノノだけ放り捨てて逃げるか？

サハラの思考が、真面目《まじめ》にその選択肢を検討した時だ。

周囲の男たちが、突然、立ち止まった。

先ほどまで声を荒《あら》らげてサハラを追い回していた全員が一律して震え始める。異常な挙動に、思わず足が止まる。

サハラたちが見ている前で、義肢からの肉体侵食が始まった。かつて、サハラがバラル砂漠で自分の義肢に飲み込まれた時とほぼ同じ現象だ。

顔に到達した時点で、べこりと顔面が凹《へこ》む。

服の下でボコボコと肉体が変形し、体つきも顔つきも均一になる。

絶句するサハラとは裏腹に、まったくの別人たちが同一人物になっていく光景を見たマヤが、なぜか目を輝かせる。

「うわっ、あたしこんな感じのSF映画、見たことある！　現実でお目にかかれるとは思わなかったわ」

「へぇ。ボクは知らないなぁ。どういうタイトル？」

「サメ映画と比べるのもおこがましい、超大ヒットタイトルよ」

この異常事態を前にしてなぜか冷静な異世界人組がサハラにはさっぱりわからない映画談義を始めている。

変形を終えた男たちが、無言のまま顔から導力銃を取り出した。

『導力：素材併呑――義腕・内部刻印魔導式――起動【スキル：中距離掃討型】』

本能的な恐怖に駆られたサハラは、それよりも早く銀腕をガトリング砲に変えて掃射する。

意外なことに避ける様子も防ぐそぶりもなく、あっさりと命中して男たちがバタバタと倒れていく。

「はあっ、はぁ……！　な、なにいまの⁉」

回避をするそぶりも、魔導を使って防ぐ様子もなかった。

出来の悪い悪夢だったら、どんなによかったか。恐る恐る死体の顔を確認してみれば、やっぱり全員同じ顔をしていた。

忘れるはずもない。かつて東部未開拓領域で出会った、ゲノム・クトゥルワだ。

どうして別人だったはずの人間がゲノムに変わるのか。『絡繰り世』で戦った時と違いすぎる。混乱していると、背後からつんつんと頰《ほお》を突《つつ》かれる。

「サハラ君、サハラ君」

「なに⁉」

苛立たしさを込めて振り返ると同時に、サハラの頰を銃弾が掠《かす》めた。

たらり、と血が垂れる。硬直するサハラに、ノノがいい笑顔で親指を立てる。

「そこ危ないぞって言いたかった。よく避けたね！」

ぷっつん、緊張の糸が切れた。

すうっと頭の血の気が引いていく。許容量を超えたいっぱいいっぱいの状況に、サハラの表情からすべての感情が抜け落ちる。

サハラは、狙撃の方向に顔を向ける。

狙撃手は目視可能な範囲にいた。通路がつながっていない建物の窓から、スコープ越しにこちらを確認している。

普通に考えれば、一方的に攻撃できる安全圏。

だがサハラにも、この距離で攻撃する手段はあった。

「……やべぇ。あいつ、俺《おれ》と相性がよくねぇな」

狙撃を外したゲノムは、相手の能力を見て困った表情を浮かべた。

五人の自分で襲いかかったのだが、十秒としないうちに処分されてしまった。『陽炎の後継《フレアート》』をそこそこ追い詰めた連携が、まったく意味をなさずに崩壊したのだ。

原因はあの銀腕だ。

変形した銃器の威力は大したことがない。ゲノムが生産依頼をしている機関銃以下だ。普通の神官や騎士ならあっさりと避けるか防ぐかするだろう。下手をすれば、導力強化でしのがれてしまいそうだ。

だが、ゲノムだと防げない。紋章魔導も使えない。導力強化で動くこともできない。結果として棒立ちで的になるカカシになる。

実のところ、ゲノムにとって最大の弱点は彼自身が流通させた導力銃なのだ。

「雑に周辺制圧するのは俺のお株のはずなんだがなぁ」

普通、神官にしろ騎士にしろ、白兵戦を重視している。導力銃は【障壁】で防いで接近戦で片付けるのが定石だ。だというのにあの修道女の戦法は、ほとんどゲノムと一緒といってもよかった。

近接で高威力の【杭打ち】。小回りが効いて殺傷力のある導力銃化。やたらと使い勝手がよさそうな【導力砲】。多人数の弱者を蹂躙《じゅうりん》するためにあるかのような構成だ。

ゲノムと、よく似ている。

それに加えて、未来視だ。あれがいては狙撃の意味がない。複数人で多角的に狙撃をしても、事前に着弾点が読まれてしまっては命中するはずもない。残る手は数に任せて押し潰《つぶ》す物量作戦だが、周辺にいる部下の数が少々心許《こころもと》ない。

「ていうか、そもそもだ。なんで、俺の【憑依《ひょうい》】が通じねえんだ?」

それが、最大の疑問だ。

あの少女に導力義肢を付けたのは自分だ。

「俺のは【防人】の奴からだぞ。絶対にこっちが上位のはずなんだが、なにか混ざってんのか、って、あー……狙撃もできんのかよ、あの娘っこ」

しかも、自分より腕が良さそうだ。

いよいよ面倒だとしかめたゲノムの顔面を、一発の導力弾が弾《はじ》き飛ばした。

「どっかのピンクゴリラでもなければ、当たれば死ぬのよ」

狙撃した弾丸が相手を貫いたのを確認したサハラは、言い捨てる。

導力強化に長けた者は生身で導力弾を弾くが、それは例外だ。たまに直感で狙撃を避ける野生の勘を持ち合わせているのは、人間かどうか怪しいレベルの例外だ。やはりあのピンク髪はゴリラの一種なのだろうとサハラは結論づけた。

基本的に、導力銃は人体を貫通して破壊できる。

混乱を通り越した現実逃避の末に頭を冷やしたサハラは、狙撃銃に変えていた導力義肢をもとに戻す。

ここ数日の行動はあまりにも自分らしくなかった。真顔で振り返る。

「『遺跡街』から脱出しようと思うけど、どう?」

「いや、サハラ君」

ノノがおずおずと手を挙げる。

「さっきも言ったけど、いまは世界の危機でね? 放置すると大変まずいことになるんだよ」

「黙れ役立たず」

サハラは無表情のまま無根拠で罵倒《ばとう》した。彼女の未来視に頼るつもりは毛頭なかった。

ノノに頼るということは、彼女にいいように扱われるに等しい。

「きっとメノウがどうにかしてくれると私は信じてるから逃げる」

提案のフリをした決定事項だった。

踵《きびす》を返す。このままノノも置き去りにして逃げてやると走り出した足首を、がしっと摑《つか》まれたサハラは派手に転んで顔面を強かに地面に打ちつけた。

「……ッ！　──っ!!」

「サハラ」

サハラの逃亡を防いだのは、マヤである。

影から出てきた彼女は、声も出せずに悶絶《もんぜつ》するサハラの側にしゃがみ込む。

「あたしは、万魔殿《パンデモニウム》を止めたい」

「……痛いんだけど」

「あれは、あたしの成れの果てだから。あたしの一部が問題を起こしているっていうのなら、あたしが止めないといけないと思うの」

マヤは転倒で痛打した鼻の頭を押さえるサハラを無視して続ける。

「それが、あたしのやりたいこと。この世界で、必要とされる理由。そこを外しちゃダメなの」

「マヤ……！　立派になったなぁ！　ボクは嬉しいぞ！」

「ノノに褒められてもなんにも嬉しくないから黙って」

「……悲しい。成長しすぎてボクは寂《さび》しいぞ」

冷たい目線に迎撃されたノノが、しょんぼりと項垂《うなだ》れる。

サハラはじゃれている二人のうちマヤに訴える。

「とりあえず、謝ってほしい。かなり痛かった」

「うん。ごめんね、サハラ」

マヤがさすりと撫でる。

「でもサハラは、あたしのために頑張ってくれるでしょ?」

やりたくない。やりたいはずがない。

ただ、この子に頼まれると断れなくなっている。

大きく息を吐いて立ち上がる。

サハラたちの行く先には、巨大な環境制御塔がそびえ建っていた。


「聞いた限りだと、自分が義肢を与えた人間を乗っ取ることができるんだろうね」

天井区画で遭遇した敵、ゲノムのことを話したメノウに、アビィはそう言った。

下の街で合流した二人は、環境制御塔へ向かう道を歩きながら情報をすり合わせていた。その結果に導き出されたのが、先ほどの言葉だ。

「最初にみんなを襲った子たちも、どっかしらに義肢を付けていたでしょ? それを装着した人間を乗っ取ってるんだろうね」

ゲノムが売り捌《さば》くもので有名なものが、三つある。

人間。導力銃。

そして、導力義体だ。

肉体の欠損を埋め合わせて稼働する義体は、現行技術では人工的に作ることはできないオーバーテクノロジーだ。『絡繰り世』にいると、人体が欠損した部分が義体となって形成される。この町の都市機能が修復機能を持つように『絡繰り世』では人体の機能を微細導器群体《マイクロマシン》が補うようになっているのだろう。

だが当然、誰《だれ》もが『絡繰り世』に入れるわけではない。グリザリカと和平を結んだとはいえ、あの境界線は人と魔導兵が争う最前線だった。迂闊《うかつ》に入って無事に帰ってこられる保証などなかった。

だというのにゲノムはどうやってか、誰にでも接続できる義体を手に入れて売り捌いていた。

「自分の魂が入った義体を他人が装着することで、徐々に接続した肉体から精神を侵食して魂を自分と同質のものに変質させて、命令に忠実な人間に仕立て上げる。最終的には、いつでも乗っ取って自分の思うようになる端末にしているっぽい」

ゲノム直属の部隊の人間は、体の一部が導力義肢になっていた。手足でなくとも、目や胴体の一部、あるいは内臓が入れ替わっていてもおかしくない。失った部位を義体で補填してくれたからこそ、ゲノムに心酔して彼の麾下《きか》にいるメンバーも多いと言われていた。

それは一部では正しく、大部分で間違っていたのだろう。

肉体と直接つながっていれば、魂の汚染にも対抗するのは難しい。ゲノムは洗脳に近い手段で部下の忠誠を得ていたのだ。

「提供した義体から、他人を乗っ取って自分の一部にする。ゲノムが複数人いる仕組みが、それなわけね」

「だねぇ。完全に乗っ取った時に顔に穴が開くのは、そこが遠隔操作するための導力の経路になっているからだね。あの穴、端末を操るための本体とつながっているんだと思うよ」

「となると……」

思い起こされるのが、サハラの境遇だ。

彼女のあの右腕は、ゲノムと戦って敗北した後、『絡繰り世』でいつの間にか導力義肢が精製されていたと言っていた。

「サハラ、大丈夫かしら」

「大丈夫だよ。あんまり嬉しくないけど、妹ちゃんの魂には原罪概念が混ざってるから。原色概念だと、どうあがいても干渉は無理」

それなら、いい。

上下で分断されてしまったが、サハラたちが致命的な事態に陥《おちい》ることはないだろう。

おそらくゲノムは自分の端末にする部下を使い分けている。

戦った印象として、ゲノムの個人としてのスペックはずば抜けて高いとは言えない。彼の本領は、同一思考をする複数の自分による連携だ。複数の自分が、まったくのタイムラグなしで同じ情報を共有している。この情報の伝達性が一番怖いところである。

だからこそ個人レベルで彼より戦闘力が高い部下は自分が操作する端末にせず残しているはずだ。そしてその人員は、間違いなくメノウたちに差し向けてくる。

なぜならば、せっかく温存している少数精鋭をいま天井区画にいるサハラたちと戦わせると、マヤの原罪魔導の一発で無力化されかねない。最初にメノウたちを襲った精鋭があっさりと無力化されたことは、ゲノムも把握しているはずだ。

そう考えていると、アビィが不意に立ち止まった。

「そうだ、忘れてた」

アビィは歯車が描かれた自分のお腹《なか》に手を入れて、一冊の本を取り出す。

「はい、メノウちゃんへのプレゼント」

「これって……教典？」

意外なものを差し出されて、メノウは目を見張る。アビィが教典を模倣して造ったものかと思ったが、違った。手に取ればわかる。本物の教典だ。

「どうしたの？　地下に来てから、神官なんて一人もいなかったでしょ？」

「かわいい女の子からの贈り物だよ」

「かわいい女の子って、あのねぇ……」

自分でかわいいなどと、なんのつもりだとジト目で睨《にら》む。だがアビィはそんな視線はどこ吹く風と気にもしない。

ゲノムとの戦闘で手札不足を感じていたところである。メノウは教典をフードマントの下にある、ハイソックスを吊り上げるためにお腹回りで固定してあるベルトに挟んでおいた。こうしておけば、両手を空けて教典魔導が発動できる。

教典は複数の魔導が行使できる便利な魔導書だ。『遺跡街』に来てから、何度も教典があればと思うことはあった。これを使わない理由などないと受け取って、なにかが胸に引っかかった。

ない、はずだ。

ただ、教典を捨てた時、なにかあったような気がする。大事な、なにかが。

思い出せないことに、メノウは慣れてしまいつつあった。

「まあ、手段が増えてありがたいからいいけど……」

「魔導の発動媒体の機能だけ活かしてあるから安心して。それを持っててもこっちの情報がハクアに筒抜けになったりしないよ。……お、妹ちゃん、みーっけ。頑張って戦ってる！」

贈り物などと言いつつも自分が渡した教典には興味がないのか、天井の街並みを見ている。

目を凝らしてみれば、黒い点に近い大きさの人影が立ち回っている様子が見えた。天井までは千メートル近くある距離で、よく見つけたものである。

「……ふざけてる場合じゃないでしょ」

「うん、ごめんね。確かに、ふざけている場合じゃなかったね。そろそろ結論を出さないと」

思わぬほどに真面目な同意が返ってきて、むしろ戸惑う。

そういえば、先ほどから不自然なほど敵の姿が見えない。上ではサハラたちがあれほどまでに追い回されているのに、だ。

「ね、メノウちゃん。どうして私が『絡繰り世』を出たのか、覚えてる？」

「……サハラに会いに来たんでしょ？」

「それはそう」

間違っていなかったらしい。

アビィはうんうんと力強く頷《うなず》く。サハラが聞いていたら謎《なぞ》の全肯定っぷりに逆に怯《おび》えそうだ。

「本当はあのまま妹ちゃんを『絡繰り世』に持って帰っておきたかったんだけどね。メノウちゃんたちもいたし、人間のフリして旅回りするのは都合がよかったから、そのまま視察していたんだ」

「視察？」

「うん。おねーさんは年長者だからね。結界に穴が空いて三原色も外に出られるようになった時に、真っ先に外に出たの」

長らく『霧魔殿《パンデモニウム》』から万魔殿《パンデモニウム》が指一本も出せなかったように、白夜の結界に囲まれた『絡繰り世』から脱出できる魔導兵は等級が限られていた。出られて、二原色まで。知性がある魔導生命体である三原色は、『絡繰り世』こそが唯一の世界だった。

「こっちの世界には私たちと共存できる人間はいるのか？　どうしても残さなきゃいけないものはあるのかな？　貴重な素材は？　文化は？　思想や社会は？　選定しなきゃいけないものは、いっぱいあったよ」

アビィが指を順番に折っていく。

「なんで、いまさらそんなことを話してるの？」

「メノウちゃんって、『遺跡街』の空間が崩れるとヤバいって話は聞いた？」

メノウは眉を顰《ひそ》めた。実のところ、メノウはまだ聞いていなかったのだが、すぐに察した。もしも環境制御塔と『星骸《せいがい》』の中心核が融合した場合、空間振動によって白濁液が弾け飛んで降りそそぐ。環境制御塔が『星骸』の中心核を貫いて破壊し、他の六つの星も墜落して北大陸全域が未曾有《みぞう》の大災害に襲われる。

「なら、止めないと――」

「じゃあさ」

アビィがメノウの台詞《せりふ》を遮《さえぎ》った。

「『絡繰り世』を閉じ込める白夜の結界がなくなったら、どうなると思う」

「――は」

声を失った。

東部未開拓領域『絡繰り世』は疑いようもなく、世界で最大面積の亜空間だ。【器】の人災《ヒューマン・エラー》から吐き出され続ける微細導器群体《マイクロマシン》を糧にして、原色で構成される空間は膨張し続けている。封印されているからこそ、ここ『遺跡街』のように内部の空間が広がり続けているのだ。

『絡繰り世』を閉鎖環境たらしめている白夜の結界が壊れたら、どうなるのか。

答えは、すぐに出た。現象自体は『遺跡街』で起こりうることと大差ないため、おそらく正解であろう単純明快な答えがわかってしまった。

「空間交錯が、起こる……？」

「うん」

アビィは軽《かろ》やかに頷く。

さらにはメノウが恐れるあまり口にしなかった重大事項を告げる。

「大陸規模の、ね」

そう告げたアビィの口元は、うすく微笑《ほほえ》んでいた。

ぞわりとメノウの胸に不快感が這《は》い寄る。

原色概念によって拡張された亜空間が何らかの要因で消え去り、そこに存在していた物体が元の空間にあった物体と重なることによって起こる交錯現象。二つの空間が統合される時に、ある現象が起きる。

「空間交錯の際に重なっている物体って融合するんだけど、その際に質量に応じた衝撃を発生させるのも知ってる？」

「……知ってるわ」

ざわり、ざわりと悪い予感が膨らんでいく。

白夜の結界によって空間が閉ざされた『絡繰り世』の規模は、ここ『遺跡街』とは比べ物にならない。地表を覆《おお》う形で拡大していき、千年かけて広がり続けた面積は、いまや人類が住んでいる大陸に匹敵《ひってき》する。

「もしも白夜の結界が壊れたら、私たちが住まう閉鎖環境は解放される。長年をかけて拡張していった『絡繰り世』はいまある大陸の地表と重なって……空間交錯の衝撃で、大陸自体が弾けちゃうんじゃないかなぁ」

声が、詰まった。

そんなバカなと笑い飛ばそうとして、できない。メノウたちが地下に来てから考えていたのとはまったく別の脅威を聞かされて、とっさに頭が回らない。

「待って。それは、『絡繰り世』の結界が解除されたら、よね」

「うん。そうだね」

「されない、わよね？」

救いを求める声に、アビィは微笑むだけで返答しない。

『絡繰り世』を閉じ込める結界は、千年の間、維持された。そしてこの一年で、『霧魔殿《パンデモニウム》』と同じほどに軋んで歪《ゆが》んだ。

人類にとって最悪なことに、『絡繰り世』に住まう魔導兵にとって、いまアビィが並べ立てた未来は必ずしも悪いことではないのだ。

「たぶん、この方法だけなんだよ。私たち魔導兵が万魔殿《パンデモニウム》から始まった魔物たちを綺麗《きれい》さっぱり木《こ》っ端微塵《ぱみじん》に消滅させられるのって」

二つの空間が融合する衝撃は大陸を砕く規模になる。一つの世界の破滅と引き換えに、アビィたちは宿敵を滅することができるのだ。

だからこそ、結界に穴が空いた時に真っ先に彼女自身が出てきたのだ。

かつて結界が軋みはじめた時、アビィたちは遠くない未来にその現象が起こることを予見し、空間交錯が最小限である上空に逃げるための方舟の構築を急いだ。空間交錯の際に発生する衝撃は物体同士が重なった時に生まれる。巨大な物体がない上空は、比較的安全な地帯なのだ。

幸い、幾度となくループを繰り返している間に、避難先となる方舟は出来上がった。

あとは、乗せるものを決めるだけだった。

「それでね、メノウちゃん」

後ろ手に組んで、アビィが問いかける。

「結界を軋ませた純粋概念って、なぁに？」

わかり切った問いを、メノウに問いかける。

「……」

じり、とメノウの踵《かかと》が後退の音を立てた。サハラの忠告が、いまさら頭をよぎる。人災《ヒューマン・エラー》を封じる結界を軋ませたのは、いまメノウもアカリを介して行使している【時】だ。

もしもアビィが白夜の結界を壊したいと考えていた場合、どういう行動に出るか。

逃亡も視野に入れたが、背後からも気配が現れた。

「わかっただろう、アビリティは結論を出したんだ。お前ら人類は、わざわざ救う価値がねえ、ってな」

後ろから、ゲノムが現れた。

そういえば、と茫然《ぼうぜん》とした思考が考える。

ゲノムも長らく『絡繰り世』にいた一人だ。メノウがアビィと合流してから、一度も襲撃を仕掛けてくることがなかった。

この二人は――どこかで、内通していたのではないか。

「これからは魔導兵の時代が来る。いや、もう魔導兵なんて呼ばれることもねえ！　世界で唯一の知性体として、覇権を握って謳歌《おうか》できるんだ！　人類がつくる文明なんかより、よっぽどまともな世界になるだろうよ」

人類社会に失望しきった男は、世界の今後を左右できるアビィに自分の感情をぶつける。

「早く滅ぼそうぜ、こんな世界は。【世界回帰】と【世界停止】で、白夜の結界は緩んでいる。それこそ、あと一息で崩れそうなほどにだ」

ゲノムがメノウを指差す。

「てめえを追い詰めて【時】の人災《ヒューマン・エラー》に叩き戻せば、なにもかもお終いだ。世界が原色空間に支配されるのは、俺にとってもすこぶる都合がいい。ミシェル？　シラカミ・ハクア？　知ったことかよ。そんなもの、全部吹き飛ばしてやろうぜ！　なあっ、アビリティ・コントロール！」

四大人災《ヒューマン・エラー》を押さえつける二つの結界は、あと一度の【世界停止】に耐え切れるかどうかも怪しい。

「ぜひこの場で、俺との盟約を結んでくれよ。俺と一緒にそこの『陽炎《フレア》』の弟子を詰めれば、人災《ヒューマン・エラー》になるぜ。くだらない世界は、それで終わる」

「そうだね、ゲノム」

ゲノムの言う通りだ。アビィの弟妹たちだけのことを考えれば、白夜の結界を壊してしまったほうがいい。

人類の文明は負の遺産を含めて一切合切《いっさいがっさい》が消え去り、原色概念だけが魔導体系として残る世界ができあがる。世界の仕組みがまるきり入れ替わる。そこには人災《ヒューマン・エラー》も、原罪魔導もない。

そんな理想郷を脳裏に思い描きながら、アビィは躊躇《ちゅうちょ》なくゲノムを殴り飛ばした。

「――え？」

予想外の行動に、メノウは立ち尽くす。

完全に油断していたゲノムは、とんでもない速度で吹っ飛んだ。あっという間に視界から消える。アビィが、くるりと振り返ってメノウと目を合わせる。

「メノウちゃんたちと一緒に世界を回ってわかったんだけどさ」

いままでの旅路で、誰一人殺すことがなかった魔導兵は困ったような笑顔を浮かべる。

「私はこの世界のこと、大好きみたいなんだ。なに一つ、壊したくないくらいに」

聞かされた内容の意外さに、メノウはぱちぱちと瞬《まばた》きをしてしまった。

「アビィ……あなた、ほんとにちゃんと、私たちの味方だったのね」

「うわん、まだ疑われてたんだ。謝罪と賠償を要求したいよ！」

いつも通りの態度に、ほうっとメノウの全身から力が抜ける。

アビィの軽い態度に、本心が見えなかった。無根拠な友好的態度に納得がいかなかった。

けれども、なんてことはない。彼女は純粋に人類に対して好意を抱いて、まぎれもなく、ただの善意でここまでメノウたちに協力をしてくれたのだ。

「そうね……どうやってお詫びすればいいかしら」

「じゃあ、熱烈なハグして――わっ⁉」

言われた通り抱きしめたら、なぜか驚かれた。してやったと笑顔を浮かべ、抱擁を解く。

「一緒に行くわよ。あの環境制御塔まで」

「うん！　いまのハグで、やる気出た！」

導力強化の燐光《りんこう》を残して、メノウとアビィは駆け出した。


吹き飛ばされた先で、ゲノムが起き上がっていた。

人を殺さないというアビィの徹底具合は、部下の肉体を端末代わりにしている彼にすら適用されるらしい。

深く、深く息を吐く。

「そうか」

臓腑《ぞうふ》の底から吐き出されたのは、失望のため息だ。

諦観《ていかん》ではない。失意はすれども、世界を滅ぼせるチャンスを逃すほどの事態ではないからだ。

「残念だ。『絡繰り世』に救ってもらった俺が、区長の一人を壊さなくちゃならないとはな」

ゲノムは自分の顔から、拳銃を取り出す。上空に向けて、発砲した。

信号弾だ。

遺跡街にいる部下に、詰めの指示を出す。お遊びは終わりだ。流通を目的としない、ゲノムが占有している攻撃手段も使用を解除する。

「こんなくだらねえ世界を滅ぼすなんて、簡単さ。お前を壊したあと、俺は区長の奴《やつ》らにこう連絡すればいいんだからな」

次はいらない。

ここで、世界を終わらせることができるのだ。

「人類との和平を唱えたアビリティ・コントロールを、人間どもは愚かにも信用することなく討伐しちまいました、とな」


上下に広がる遺跡街の街並みの中間部で、光が瞬《またた》いた。

信号弾だ。メノウは少数での隠密《おんみつ》行動が前提の上、教典で通信できるために使わなかったが、広範囲に合図を送るのに有用な手段である。

ゲノムがこの街に潜《ひそ》む自分の部下に指示を飛ばしたのだろう。いまの状況から、内容はおおよそ予測できる。

部下全員で、メノウたちを殺しにかかってくる合図だ。

メノウは勢いよく地面を蹴った。

導力強化を全開にした踏み込みに、ぐんっと体が加速する。三歩進んで、すぐに道なりに進むのがもどかしくなった。一歩で大きく跳躍。ビルの壁に着地をした反動で膝《ひざ》をたわめて、ぎゅぅっと足裏に溜《た》まった力を解放する。

反動で、壁面がひび割れた。

ビルとビルの壁を跳躍し、疾風のように駆けていく。

横には、アビィが付いてきている。

笑みが零《こぼ》れる。不思議と解放された心持ちだ。抜け落ちたものが、ぴたりとはまった感覚すらする。

だがこの遺跡街には多数の敵がいる。

前方の建物の屋上に、敵影。二人だ。どちらも両腕が導力義肢になっている。

接敵まで、あと二秒。

メノウの動きをギリギリに引き付けて、肉薄。敵の動きは鋭かった。着地の隙を狙《ねら》って、導力義肢となった両腕を振り下す。

メノウは着地と同時に体をひねって、懐《ふところ》に飛び込んだ。敵の両腕が背中の後ろを通り過ぎる。

互いがほぼ接触している間合いで、メノウは右手を振るう。

空中に、鮮血が飛び散った。

殺しはしていない。だが戦闘復帰は難しいだろう。高速で移動するメノウたちに追いつくのは、もっと無理だ。

終わった戦闘には見向きもせず、メノウは跳躍した。ゲノムの直属でも、いまのメノウの動きについて来られる人間は多くない。散発的に導力銃の発砲音が響くが、どれもメノウを捉《とら》えることなく無為に弾痕を穿《うが》つだけだ。

「へいへーい！　上で妹ちゃんに構っている場合じゃないよぉ！」

アビィがやたらと楽しげに叫んだ。ゲノムは大声で叫ばれた挑発に乗った。メンツや感情的な行動ではなく、メノウたちを止めるのに純粋に戦力が足りないという判断だろう。

天井区画で、爆発《ばくはつ》が起こった。

一度ではない。続け様に二度、三度と爆発音が響く。メノウたちの進行方向を狙ってビルが落下してくる。天井区画にいるゲノムが、建物を破壊して墜落させているのだ。おそらくは『遺跡街』を占拠したのと同時に、防衛用に仕掛けを作っていたのだろう。冬場に邪魔な氷柱《つらら》でも落とすように景気よく建物が墜落する。

雨あられと落下してくる瓦礫《がれき》群を避けながら駆け抜ける。背後で丸ごと一軒の平屋が墜落。轟《とどろ》く地響きに追い立てられるように進む。

「……アビィ？」

「ここまでやるとは思ってなかったです……」

天が落ちて来るような騒乱の間を縫《ぬ》って進む中、メノウがじっとりと湿った声で責めると、アビィは素直に謝った。

そのメノウたちの上部に、影が差した。

天井区画にあった中でも一際《ひときわ》大きな建造物――『駅ビル』が、落ちてきたのだ。

この周辺にはゲノムの部下もいるだろうに、まったくの構いなしだ。短剣銃を上に向けようとしたメノウの手を、アビィがそっと押さえた。

落下してくるビルに向け、アビィが両腕を伸ばす。

『導力：素材併呑――原色ノ理・擬似原色概念――起動【原色種：蟷螂ノ斧】』

アビィが、カマキリによく似た形になった腕を振るった。

その一閃は、おそらく音速を超えていた。高さにして数百メートルはある建造物が左右真っ二つに切り裂かれ、切り口から衝撃波で吹き飛ばされ、メノウたちの進路だけを譲るように地面に落下する。

音が、轟いた。

耳をバカにしてしまいそうな大音量。まともに立っているのも難しいほどの地響き。そのどちらにもひるまず惑わされることもなく、メノウとアビィはまっすぐに駆け抜ける。

もうすぐ、環境制御塔に到着だ。

だがやはり、メノウたちの目的地を知っていれば待ち伏せする知恵はあった。

環境制御塔の均された周辺に、十数人の武装集団が集まっていた。おそらく、ゲノムの直属

の中でも最精鋭。一番に襲いかかってきた者たちより弱い人間は、一人もいないだろう。

メノウは躊躇しなかった。

敵陣にまっすぐに突っ込む。敵の一人、義眼の人物から魔導発動の気配を感じた。

対抗するため短剣に導力を流し、敵集団の上部を狙って山なりに投擲した。

『導力：接続――短剣・紋章――発動【導糸】』

『導力：素材併呑――義眼・内部刻印魔導式――起動【スキル：石化の蛇眼】』

原色概念による、物質変換。緑色の導力光が到達する前に、導力の糸を経由して【力】を流す。

『導力：接続（経由・導糸）――短剣・紋章――遠隔発動【疾風】』

ちょうど義眼の敵の真上で回転していた短剣が、【疾風】の推進力で直下へと方向転換した。

直前で勘づいた敵が首をそらし、肩に刺さる。倒すまではいかなかったが、高度な集中がいる魔導は中断された。

メノウは、自分の短剣を追うようにして、敵の集団の中心に着地した。

一斉に銃声が弾けた。ゲノムが持っていたのと同じ導力銃だ。同士討ちをするような愚は侵さず、計ったタイミングでメノウが動きを止めた瞬間を狙い撃《う》ちにする。【多重障壁】では耐えきれない密度の弾幕だ。

だが、いまのメノウは黄色のフードマントの下に、教典を持っていた。

背中のベルトに挟んだ教典が、導力光の輝きを放った。

『導力：接続――教典・二章五節――発動【ああ、敬虔な羊の群れを囲む壁は崩れぬと知れ】』

大口径拳銃も含め、展開された防護壁を傷つけることはできなかった。

メノウは再び、教典に導力を流し、もっとも手慣れた魔導を放つ。

『導力：接続――教典・三章一節――発動【襲い来る敵対者は聞いた、鳴り響く鐘の音を】』

教典から立ち上る導力光が、教会の鐘を形成した。

しかし相手も百戦練磨。即座に魔導構成を見破り、一斉に散開して回避をしようとした。

『導力：素材併呑――三原色ノ理・擬似原色概念――起動【原色種・青蜘蛛】』

敵が動くよりも早く、アビィが擬似概念を行使した。大型の魔導兵が展開されて、男たちの動揺を誘う。魔導展開から発動までタイムラグがある教典魔導の隙間《すきま》を埋める足止めだ。

ほんの一瞬、敵集団の動きが止まる。

それが、致命的な結果をもたらした。

導力の鐘が鳴る。

一鳴。抵抗し損ねた数人が、頭を抱えて倒れる。二鳴。響く導力の波動に耐え切れず、手足の血管が破裂する。三鳴。一人残らず、意識を保つことはできなかった。

一発の魔導で、十数名をまとめて昏倒させた。

「こんなもんね」

「いえーい！」

敵を鮮やかに無力化したメノウは、アビィのハイタッチに応える。

戦闘開始から終了まで、三十秒もかかっていない。

メノウはアビィと来た道を確認するが、敵の増援の気配はない。いまので最後。後方にいた集団は、建造物の落下に巻き込まれたのと、瓦礫の山となった道に苦戦しているのだろう。

二人は環境制御塔を見上げる。

間近で見ると、よりその大きさを実感できる。

目指すは、上だ。サハラたちと合流し、端末を操《あやつ》っているゲノムの本体を倒し、万魔殿《パンデモニウム》を退ける。そのために環境制御塔の内部へ侵入しようとした直前で、二人は足を止めた。

「なに、あれ」

遺跡街の空ともいえる、天井区画。

そこに、見過ごすことができない異変が発生していた。

時は少しさかのぼり、アビィがゲノムの提案を蹴り飛ばす前。

天井区画を、こそこそと進む人影があった。

サハラたちである。彼女たちはノノの先導に従って、上下逆の街並みをこそこそと進んでいく。やたらと遠回りを指示されたものの、あれからは一度も敵に遭遇していない。

「ノノってさぁ」

少し緊張感が緩んだ中、マヤが責めるような口調でノノに語りかけた。

「計画立てる時って、絶対に秘密を抱え込むよね。どうして？　人を騙《だま》すのが趣味なの？」

「どうしてっていうのは、なにを質問しているのか自分でわかってるかな？」

はぐらかした答えに、マヤの視線が鋭くなる。

未来を見通すことができる彼女は平然と隠し事をするし嘘もつく。自分の目的のために人をよいように動かすための手段を選ばない。

「だって……こうなることが、わかってたんでしょう？」

「おやおやおやぁ？　マヤったら、ボクが映画館で変な人に襲われることも、メノウ君と分断されることも、サハラ君がなんか面白《おもしろ》いことになることも予知済みだったっていうのかい？」

「は？　なんか面白いことってなに？」

「ノノは、昔からそういう奴じゃない。知ってたんでしょ？」

「ねぇ。私、なんか変なことになってるの？　どういうこと？」

聞き逃せない台詞にサハラが訴えるが、二人はスルーする。

「まあ、知ってたよ。マヤの言う通りさ！」

もったいを付けたくせに、ノノはあっさりと認める。

「あの変なやつが襲いかかってくることも、あたしたちがメノウと分断されることも？」

「うん」

「なら、最初っから教えてくれてもいいじゃない」

「あはは、昔から変わらずお子様だなぁ、マヤは」

マヤの非難を快活に笑い飛ばすノノの笑顔には、未来視を使って人を騙した罪悪感など欠片《かけら》も見当たらない。きらきらと瞳に浮かぶ星型の導力光を輝かせる。

「事件を起こすまでもなく事前に解決してしまったら、天才美少女たるボクの出番と活躍がなくなってしまう――嘘だよ！　ジョークに決まってるだろ⁉」

無言のまま導力光で目を赤く光らせて魔導発動の体勢に入っているマヤを見て、慌てて前言を撤回する。

「何度も言ってるし、いまは理解してもらえないことを前提に言うけどさ。ボクは、こうするしかなかったんだよ。いま以上が視えないんだ」

「……わかんない。ノノは、いつもそればっか」

「わかってもらおうだなんて思ってないさ。これはボクの自己満足で、杞憂《きゆう》に終わるかもしれないことだからね」

「それは――」

どういうことだ。この先のために、いまの自分たちを犠牲にするつもりなのか。マヤが追及しようとした時だ。

急に周囲の建物が途切れた。人工的に均《なら》された真っ平らな地面が続いている。

その先にある建物は、『遺跡街』にある他のどの建造物よりも巨大だ。

環境制御塔。

この地下空間を人が住める環境に調整している最重要機関であり、メノウが『星骸』の管理権限を奪取するために目的地としていた場所にサハラたちもたどり着いた。

見晴らしがよく、遮蔽物《しゃへいぶつ》もない。近づく影があれば、さぞかし目立つことだろう。

「環境制御塔の周辺は、当時の条例で建築物の建造を禁止したんだ。テロ対策もろもろでね。安心してくれたまえ。当時の警備システムはもう起動していない。とっくの昔に停止している」

「建物は当時のままなのに、そういうシステム関連は維持しなかったの？」

「そこまで微細導器群体《マイクロマシン》任せにすると、経済が回らなくて……あんまり細かに微細導器群体《マイクロマシン》で固定すると発展性がなくなるんだよね。欠点も多いんだよ」

「ふうん？」

マヤはよくわからないと首を傾《かし》げる。一方でサハラは不安感を膨らませていた。

「確かに、当時の警備はないんでしょうね」

古代文明当時の警備はないのだろう。それに関しては素直にありがたい。超文明の重要施設を守る警備システムが甘くできているはずがないのだ。そんなものに挑みたいと思うほど、サハラは好戦的でもなければ自分の力量に自惚れてもいない。

だがいまの環境制御塔は、むしろテロリストに占拠されている状態なのだ。

サハラは改めて下方に向かって伸びている環境制御塔を見る。

入り口までの四方が完全な平らだ。環境制御塔からは、さぞかし見晴らしがよくなっているだろう。ネズミが走っても見逃すことはなさそうだ。

狙撃とか、とてもしやすそうだった。

サハラは、にこっと笑ってノノの背中に手を添える。

「よかったらノノ。先頭を歩いてみる？」

「なんだい、突然。先頭の栄誉はもちろんボクに相応《ふさわ》しい――やっぱ止《や》めた」

歩いた後の数秒後になにが見えたのか、踵を返す。

どうやらサハラの予想通りだったらしい。

「よし。どこから狙撃された未来が見えた？　詳しく教えて」

「あっ、その態度！　君、ボクを囮《おとり》にするつもりだったな！　なんてひどいことをするんだい！」

「いいからとっとと前を歩きなさいよ、ノノ。そのくらいしか役に立ちようがないんだから」

「マヤが冷たい！　ボクはショックだぞ！　あ、ちょ、やめ……にゃーぁがぁ!?　いま頭がパーンってなる未来が……そっちはダメだから押さないでくれたまえよぉ！」

けたたましい悲鳴はいっさい考慮することなく、サハラたちはノノを盾にして前に進んだ。

ノノを盾にして進むこと、百歩ほどでサハラたちは環境制御塔の入り口に到着した。

「……ボク、ここまで粗雑に扱われたのは初めてだ。ボクってすごいんだぞ」

何度も自分の頭が撃ち抜かれる未来を見せられたノノには憔悴《しょうすい》の様子が見られた。しくしくと落ち込んでいる態度が演技ではないのが面倒さに拍車をかけている。

だが同行者たちに同情の色はない。

「あっそ。千年前は周りのみんなが優しかったのね」

「昔のあたしに言ってやりたいわ。もっとこき使えって」

「やめてくれよぅ」

二人の冷たさにノノは拗《す》ねた口ぶりをしながらも立ち上がる。

「なんにしても、到着だ！」

「本当に行くの？　この三人で？　あのゲノムと万魔殿《パンデモニウム》に挑みに？」

「行く」

マヤは迷いなく頷いた。サハラの憂鬱がずんっと重みを増した。

「万魔殿《パンデモニウム》は、あたしの一部だもの。メノウが『星骸』を手に入れるためにも、あたしがなんとかするの」

「……私にメリットは？」

「サハラはあたしの下僕でしょ」

マヤは、はっきりと言い切った。

サハラの諦《あきら》めが付いたのを見計らって、ノノが手近な壁をコンコンとノックする。

「サハラ君。ここを壊してくれたまえ」

「はいはい」

もはや逆らう理由もないと、サハラは導力義肢を構える。

『導力：素材併呑――義腕・内部刻印魔導式――起動【スキル：導力砲】』

導力義肢から放たれた導力光が壁をぶち抜く。

土煙が晴れた先には、肉の塊があった。

構造物が、有機物へと変換されつつある。鼓動を脈打ち、生命の兆しを見せていた。

肉壁となっている壁から触手が生えて、まっさきにマヤを絡《から》め取ろうとした。とっさに庇《かば》ったサハラの右腕――導力義肢に絡みつく。

「ちッ！」

舌打ちを飛ばしつつ、サハラが腕を振るって、無理やり引きちぎる。

幸い、異常はない。侵食くらいはしてくると思ったのだが、純粋に物理攻撃だけを仕掛けたらしい。

「さ、サハラ。大丈夫？」

「平気。強度は、大したことない」

改めて、周囲を観察する。

まるで巨大な生物の体内だ。というより、文字通り体内なのだろう。環境制御塔の入り口部分を一匹の巨大な魔物と化すことで、侵入者を捕食するトラップにしたのだ。その証拠に、横では巨大なナメクジのようにうねる肉塊に半ば取り込まれてジタバタしているノノの姿がある。

危険な空間だ。

サハラとマヤは顔を見合わせて頷き合う。

「二人で通じ合う前に、ボクを助けてくれないかなぁ!?」

もがいていたノノは自力で脱出していた。初手でサハラが簡単にちぎれたことといい、この肉塊の強度はさほどでもないようだ。

マヤが、チッと舌打ちをする。

生意気な言動はあれど、ここまで毒が強いマヤも珍しい。よっぽどノノの言動には腹を据えかねているらしい。

「性能低い……。あたしより弱いのはどうかと思うわ」

「さっきも言ったじゃないかい！　この体は戦闘用じゃないからね。演算専門なんだよ」

ぱんぱん、と汚れを叩《たた》いて落とす。嫌味が効いた様子はない。

「それで、中に入ったけど。どうしたいの？　もうそろそろ教えてくれてもいいんじゃないの？」

ここまで振り回されながらもマヤがノノに助言を求める理由は、たった一つ。

星崎《ほしざき》廼乃《のの》は、間違えないからだ。

「うむ。よくぞ聞いてくれたね、マヤ。君が強くなっていて、ボクは誇らしいよ」

胸を張る。メンタルの強さに関しては、突出したものがある。

「内部からゲノム君がいるところまで侵入！　この『遺跡街』を不当に占拠するゲノム君を撥《は》ね除け、打倒するんだ！」

「へー」

ノノからシンプルな作戦を聞いて、サハラは間延びした声を上げてしまう。

「この三人で？」

ここにいるのは割と普通の戦闘力を自負するサハラと、四大人災《ヒューマン・エラー》のくせに大した力を持たない足手纏い一号と二号だけだ。

【時】の純粋概念を操るメノウも、原色概念の最高傑作たるアビィもいない。

明らかに決定打を欠いた状況でゲノムに挑めというのだ。

笑顔のままノノが頷く。

「いけるいける！」

「帰ります。さようなら」

「待ちたまえ」

敬語で踵《きびす》を返したサハラの肩を、がしりと掴む。

サハラは迷いなく振り払った。

当たり前だが、敵の本丸の防御が手薄なはずがないのだ。

「大丈夫！　大丈夫だから！　いま敵、ほとんどいないから！　メノウ君とアビィちゃんが引き付けてくれてるんだ！」

「ゲノム本人がいるでしょ⁉」

「君なら勝てるよ！　いや、ほんと！」


入り口でのひと悶着のあと、サハラはノノの案内に従って内部を進んでいた。

階段を降り、扉をくぐり、時に壁を破壊して進む。目的地まで、一度として敵と出会うことはなかった。というより、人がまったくいなかったのだ。

「なんか……逆に不気味」

マヤの呟《つぶや》きに、内心で同意する。普通に考えて、内部を防衛していないのはおかしい。

「下でメノウ君たちが頑張って引きつけてくれてるからね。ほら、いまの爆発音聞いた？

あれ、天井区画の建物落として攻撃してるんだぜ」

「そんなことしてるの？　こっわ」

外で行われているらしい大規模な攻防に慄《おのの》きながらも進んでいくうちに、環境制御塔の制御室にたどり着いた。

「ほんとに着いちゃった」

肩透かしだと、マヤが呟く。

サハラは取っ手に手をかける。扉に、鍵《かぎ》はかかっていなかった。

制御室に入ると、そこには大量の導力銃と――人間の義体が並んでいた。

悪行が並ぶゲノムの逸話の中でも、一つだけ好意的に語られるものがある。

彼は、導力義肢の入手ルートを持つ唯一の人間だ。

『絡繰り世』に行くことができない人間たちにとって、ゲノムが卸す導力義肢は、自分たちの肉体的な欠損を埋めることができる魅力的な商品である。それをどのように生成しているのかは、謎に包まれていた。

導力銃と、導力義肢。うず高く積まれるゲノムの代名詞とも言うべき物品の中心に、車椅子《くるまいす》に座った一人の男がいた。

「よぉ」

おそろしく痩《や》せ細った男だった。生命維持のためか、巨大な車椅子から伸びた多様な管が男の体と繋がって一体化していた。体中に古傷があり、右腕と両足が欠損している。なにより痛々しいのは、彼の顔面に刻まれた巨大な傷跡だ。

脳を損傷しているだろうと一目でわかるほどに、右の顔面が抉《えぐ》れている。

生きているのが不思議なほどの傷だ。彼の体につながった管を一本でも引き抜けば、五分と保たずに死亡するだろうことが見てとれた。

「ゲノム・クトゥルワ……？」

サハラは半ば信じられない気持ちで問いかけた。

「ああ、そう、だ……ぜ」

その肯定に、なぜかサハラはショックを受けた。

彼こそが、ゲノムなのだ。

くつくつと肩を震わせて笑う所作にすら、死を感じる。言葉を発するという行為の反動で、いまにもぽきりと折れて砕けてしまいそうだ。

「笑える、だろう……？　これ、は、ぜんぶ……『陽炎《フレア》』にやられたんだぜ？」

彼が導師《マスター》『陽炎《フレア》』と相対したのは一度や二度ではない。

何度も彼女の暗殺をかい潜《くぐ》り、逃げ惑っては致命打に近い傷痕を刻まれた。

そうしながらも、生き残り続けた。

「その結果、が、これだ……」

彼が、左手で自分のなくなっている右腕部分を指さす。よくよく見ると、欠損しているゲノムの肉体を埋めるように微細導器群体《マイクロマシン》が集合している。義肢を作ろうとしているのだ。

だが適合しないとでもいうかのように、ごとりと重い音を立てて、床に落下した。

一つ、また義体が積み上げられる。

「この義体、な……おれにだけ、くっつかねぇんだ。調整、すれば、ほかの人間に、は、つくのになぁ……」

サハラは、思わず自分の銀腕を抱える。

痛ましさに見ていられずに視線を逸《そ》らす。ゲノムの前には、数多くの導力光でできたモニターがあった。その一つ一つが、端末としてのゲノムの視界を映している。彼が導力義肢を通して十年で寄生し続けた人々だ。

「それが、あなたが多人数になる秘密?」

「ああ……微細導器群体《マイクロマシン》が満ちている空間でしか使えない……がな……」

話すのも苦しいのか、彼の口から漏《も》れる言葉は途切れ途切れだ。

ゲノムが『絡繰り世』から出て来られなかった本当の理由を悟る。彼の能力同様、生命を維持している装置も微細導器群体《マイクロマシン》で作動している。彼の一部になるはずだったのに、導力的なバグによって適合されなかったものを素材として改造した物なのだ。

ゲノムは結界に閉じ込められたのではない。

原色概念で構築された空間でしかゲノムは生きていけないから、十年もの間『絡繰り世』に引きこもり続けたのだ。

過去に【光】の純粋概念を巡る『陽炎《フレア》』との攻防で今度こそ死んだと思ったゲノムは死を覚悟して『絡繰り世』に転がり込み、結果として得たのが疑似的な【憑依】による自己増殖だ。『陽炎《フレア》』にやられた脳を補完する際に、なんらかの不具合が生じたのだろう。過去の実験が関係している可能性もある。

なんにせよゲノムは、【憑依】による魂の分割が可能となったのだ。

「おま、え……らは、ほんとうに、ふざけ、やがっ、て。そう……その腕、のおまえ、だ」

「……私、なんかしたっけ」

「とぼけ、んな。バラル砂漠の時も、じゃま、しやがって……」

言われて、思い出す。

サハラがメノウと敵対していた時に起きた事件だ。あの時も、ゲノム直属部隊の一つである『鉄鎖』は『絡繰り世』へつながる空間の穴を開けようとしていた。理論的には、遺跡街に開いた空間のつながりと同じだ。儀式魔導によって原色空間をつくり、ゲノムが生存できる場所を増やそうとした。

「あの時はメノウがやったことだから、私のせいにされても」

「うる、せ……結果、てきに、かわんねぇよ」

確かにサハラが途中で鉄鎖を裏切り、メノウとアーシュナに攻め込まれたことによって中央砂漠地帯に『絡繰り世』とつながる拠点をつくる計画は打ち砕かれた。

サハラがいてもいなくても計画は失敗しただろうから、自分に責任などないというのは紛れもなく本音だ。

「まあ、いい……それ、は、いいんだ、よ……」

ゲノムが残った左手を振ると、端末の視界を映していたスクリーンが消え失せる。

「穴は、ここに、ひらいた。それで、いいさ。お前らを、ここまでいれたの、は……直接、ぶち殺したかった……んだよ」

なぜか、悪寒がサハラの全身を貫いた。

相手は立ち上がることすら自力でできない人間だ。

無力だというのに怯えのないゲノムの姿勢がサハラの生存本能を刺激した。

『導力：素材併呑――義腕・内部刻印魔導式――起動【スキル：杭打ち】』

サハラが自分の手持ちの中でも最大の手札を切ったのは、本能的な恐れによるものだった。

初手不意打ちでの最高威力で攻撃した選択は正しく、そして無意味だった。

「はしゃぎ、やがって、よぉ……このおれの、ざま、みて……かてる、って、思っ、たんだろ」

サハラの攻撃を受け止めたのは、床に散乱していた義体だった。数々の義体が組み合わさって動き出し、巨大な手となってサハラの攻撃を受け止めた。

「死ねや、クソアマども」

ゲノムの義体が隆起し、雪崩を打って襲い掛かってきた。

逃げようにも、逃げ場などなかった。この部屋は一面にゲノムの体を補完するために造られた義体が大量に転がっている。肉体につながっていないというのに、一つ一つがゲノムの意思に呼応して動いてサハラたちを取り囲む。

大量にある義体のうち集合した義眼が蠢《うごめ》き、サハラたちの動きを追う。

『導力：素材併呑――義眼・内部刻印魔導式――起動【スキル：灼熱の魔眼】』

空中に、劫火《ごうか》が生み落とされた。

――ノノは、この未来を見ていたのだろうか。

必死になって炎を避けているサハラの脳裏に浮かんだ疑問の答えが出る前に、後ろから衝撃を受けて突き飛ばされる。

サハラを突き飛ばしたのは、ノノだった。

一瞬前までサハラの位置にいたノノの体が、上半身と下半身で泣き別れになっていた。義眼が生み出した炎を目眩《めくら》ましに、背後から義手が襲い掛かってきていたのだ。

とっさにノノの上半身を摑んで胸に抱き寄せ、全力で部屋の外を目指す。捨て置かれたノノの下半身が、ミキサーにかけられたように粉微塵《こなみじん》になる。

大気が裂けた。裏拳の軌跡が風鳴り音を立ててサハラの側頭部を跳ね飛ばした。きりもみ状態で空中に飛ばされ、壁に叩きつけられる。

希望があるとすれば、マヤだ。

原罪概念。触れれば一方的に浸食されかねないという優位性から圧倒的な優位を誇るがゆえに、大量の義体はマヤを避けて通っていた。

「ノノ、サハラ！　いまぁむぐぅ!?」

「クソガキが」

ゲノムのかすれ声の直後に、マヤの叫びが塞《ふさ》がれた。

「おれが……てめえの、対策、してねぇとでも？」

環境制御塔を浸食していた魔物が、この部屋の床に残っていた。触手を伸ばしてマヤを丸呑《まるの》みにしたのだ。マヤは魔導行使の際、視線で狙いを付ける癖《くせ》がある。ゲノムは部下から得た情報でそれを見抜いた。視界さえ塞げば狙いを付けられなくなる。かといって下手に殺してしまった場合には、どこから再召喚で復活するものかわかったものではない。そのため、最初から床に同化させていた魔物に丸のみさせて捕獲したのだ。

魔物に変化させる魔導も、もとから魔物であるならばなんの効果も発揮しない。マヤの判断力では、なにも見えない聞こえない状態では、どんな魔導を使えばいいかの選択ができない。

終わった。

痛みを痛みとすら感じられない衝撃に意識を朦朧《もうろう》とさせながら、そう思った。

原罪概念の対策まで済ませている。勝てる要素がない。今度こそダメだという確信的な絶望が、サハラの胸中を覆った。

どうせ自分なんて、そんなものだよな、という諦めが湧《わ》く。

だが。

「――ッ」

負けられなかった。

自分が負けるのも、死ぬのも、構わない。

だがマヤを、見捨てるわけにはいかない。自分が生きているうちに、まだ幼く、自由で、わがままで、自分に変わるきっかけをくれたマヤを見捨てるわけにはいかないのだ。

なにか、道はないのか。

必死になって視線を巡らせて、上半身だけになったノノの指が目に留まった。

彼女は明確にどこかを指さしていた。その先を目でたどると、一体の人形があった。

人型魔導兵の素体だ。一目見て、その正体を悟った。

あれは、バラル砂漠で『絡繰り世』に送り返した三原色の魔導兵だ。顔がのっぺらぼうで、雌雄もない裸体の状態だが、間違えようもない。

あの時に入っていたサハラの魂が抜けたため、肉体が抜け殻となって『絡繰り世』に送り返され、それをゲノムが確保したのだろう。

なにせ、一時《いっとき》とはいえ【器】の人災《ヒューマン・エラー》が納まった三原色の魔導兵だ。ゲノムが手元に置いておく価値はある。

それが必然だといわんばかりに、吹き飛ばされたサハラの傍にあった。

『バグめ』

懐かしい、魂に響く声が聞こえた。

『あなたをあなた足らしめていた自己嫌悪はどうした。捨てたはずの自分を拾って、満足か』

幻聴かもしれない。それでもサハラは答えた。

いつの間にか、消えていた。自分を嫌いになっているどころではなかった。あんなにうらやましかったはずのメノウは意外と格好悪いところも多かった。あんなに憧れていたはずの導師《マスター》『陽炎《フレア》』が死んでも、そんなに悲しくなかった。自分より悲惨な人生なはずなのに悲観さがないマノンのような少女もいた。

そして。

マヤがいる。

『バグめ。バグめ。あなたは自分以外のなにかに、なりたかったはずだ。強く、きれいな、お前以上の人に。バグを捨てたあなたに、いまもなれる。あなたがいる、いまならば』

もしここで、サハラが誰かを思い浮かべれば、その人になれるという確信があった。かつて、メノウになったように。アーシュナ・グリザリカのような強さには羨望を覚えるし、導師《マスター》『陽炎《フレア》』にだってなれるだろう。もしかしたら――シラカミ・ハクアにだってなれるのかもしれない。

自分を、捨てさえすれば。

『望みさえすれば、あなた以上の自分になれる』

願望が、ささやく。

だが、いまのサハラには自分を捨てられない。どんなに無様を晒《さら》そうとも、かつて欲しかったもの以上の感情がある。

無意識なほど自然に、一つの疑問が声に出た。

「あなたは……なにになりたいの」

幻聴が、止まった。

ああ、と腑《ふ》に落ちた。この幻聴の心が理解できた。自分の願望をかなえるために、自分が器じゃないなんてことは、この幻聴だってわかっている。思い知っている。だから誰かの願望にすがって、誰かの願望になろうとしている。

ならば、言うべきことは一つだ。

「わからないなら……あなたが、私の【器】になればいい」

幻聴の返答は、一拍遅れで響いた。

『――要望を承諾、正常に処理しました。接続を開始します』

サハラの右腕が、目の前の素体を取り込んだ。そうとしか表現できない現象が起こった。取り込まれた素体が細かく分解されていく。赤、青、緑の三原色の微粒子。いまのサハラには、感覚的に理解することができた。これが微細導器群体《マイクロマシン》。原色概念の最小単位は、砂粒よりも細かな音を立てて巻き上がり、サハラの導力義肢となっている右腕に吸い込まれていく。

「おい、それは……」

この遺跡街で初めて、ゲノムが動揺を露《あら》わにした。理解不能な現象へのいら立ちをぶつけるように、大量の義体が組み合わされた拳を振るった。

三原色の魔導兵並みの出力ある。単純ながら必殺に近い強力な攻撃だ。

サハラは、茫然と自分の導力義肢を見つめていた。ゆっくりと右腕を前に出す。導力が加速していた。自分の腕の中で、無限に加速し続けていた。加速した余剰で吐き出されるエネルギーに触れて、ゲノムの攻撃を受け止める。

ゲノムの攻撃が、砕け散った。

「なっ、に、をしやがった、テメェ……！」

ゲノムの叫びにも、サハラはいまの自分の状態を言語化できるほど理解していたわけではない。その代わりとでも言わんばかりに、上半身だけとなったノノが満足気に笑う。

「あぁ……やっと、完成したね」

導力による永久機関の可否について、一つの仮説がある。

導力回路で永久機関をつくるには、循環する空間が三つあればいい。空間の位相差がある三つの空間をつなげてエネルギーを流すと、永遠に落下して加速を続ける循環経路ができる。逓減する以上に加速するエネルギーが生まれ、導力循環を繰り返す永久機関が完成するのだ。

だが、どうしても原色概念と原罪概念を結合する素材は見つからなかった。三つの空間をつなげる方法は長年研究され続けながら、千年前の古代文明ですら糸口も摑めずに机上の空論として放棄されていた。

だが、人間には不可能でも、二つの概念そのものが接続を望めば。

人災《ヒューマン・エラー》と化した【器】と【魔】が、ほんの一部であっても、誰かを通して共存の意思を示せば。

未来を知る彼女は、このために、この時代のこの場所に【星読み】として残り続けた。それでも、決してここにたどり着ける可能性は高くなかった。

「ざまぁ見ろよ、グリザリカ」

ノノは【防人】と名前を変えている宿敵に、心の中で中指を突き立てる。

サハラの銀腕が輝き始める。過剰な導力光を纏って、恐ろしいまでに発光する。加速し続ける【力】があふれ、腕の形をした導力エネルギーそのものになる。顔をひきつらせたゲノムが、部屋にある義体をすべて自分の前に集めて盾にする。

サハラは、構わなかった。

『導力：素材併呑──永久導力機関・内部刻印魔導式──起動【スキル：導力砲】』

サハラの銀腕からあふれ出した閃熱が、目の前のすべてを消し飛ばした。

目覚めたサハラは、ぺしぺしとマヤに叩かれていた。

「……ま、や？」

「よかった、起きた……！」

自分がどれだけ気を失っていたのか。指の一本も動かしたくないほどの疲労感が、サハラを覆っていた。体が鉛のように重い。さっきの、わけのわからない現象の反動だろう。涙で潤んでいるマヤの目元をぬぐうこともできないな、と本当に我ながら柄《がら》でもない感想が浮かぶ。

それに、まだ終わっていなかった。

ゲノムが、いた。

どうやら、サハラが気を失っていたのは一分にも満たない時間だったらしい。状況の変化は、ほぼなにもなかった。

だがすぐに警戒する必要もないと気が付く。ゲノムはさっきのサハラの一撃を防ぐために、部屋にあった義体のすべてを盾にしたのだろう。彼自身は命を拾ったものの、武器になるものは残っていない。導力銃はいくつか転がっているが、生身のゲノムにはそれを自力で拾いあげ

ることもできない。

　正真正銘、弱り切った身一つだ。

「くそがよぉ……」

　ゲノムが毒づく。サハラは這いずって、体を進める。導力は、ほとんど空っぽだ。一インン硬貨の紋章魔導すら発動できる気はしない。

　ならばと、床に転がっていた導力銃を一丁、拾う。

「さ、サハラ……？」

「マヤ。目をつぶってて」

　一発なら、撃てる。

　幼い彼女に見せるものでもなかろうと思ったのだが、マヤがサハラの体を支えて持ち上げる。上半身だけ起き上がり、疲労でぼやけた焦点を合わせる。

「俺、を……殺す、のか？」

「ええ」

　ひゅう、ひゅうという音が聞こえた。ゲノムが喉を鳴らして呼吸する音が、なぜかいまさらになって耳に残った。

　呼吸するのすら必死にならなければならないゲノムの身を守るものはなにもない。だというのに銃口を突き付けられた男の視線に、死を恐れる色はない。

「お前は……なんで、俺を殺す？」

「私はね、ゲノム」

思い返してみれば、今日という一日はあまりにも不幸だった。

「今朝《けさ》、朝食を食べ損ねたの」

「そう、か」

「髪は湿気でまとまらないどころの騒ぎじゃないし、考えてみれば昼ごはんも食べてないからすごくお腹減ってきたわ。おまけに、さっきのなに？　私、どうなってるの？」

疲れもあって適当に理由を挙げているうちに、本当にイライラとしてきた。

自分には世界の責任を背負いこむ理由はいらない。メノウのように他人の死を重荷にして自分を追い詰めるなんて論外だ。処刑人なんてくだらないと、いまのサハラは心の底から言えた。

だから、目の前の男を殺す理由は、最低最悪でいい。

「むしゃくしゃが積み重なった憂さ晴らしに、あなたを殺させてもらうわ」

ゲノムは、破顔した。

死を受け入れた顔で、サハラと目を合わせる。

「なら、仕方ねぇや」

それが、ゲノムの最期の言葉となった。

サハラは迷うことなく、引き金をひいた。

導力弾が放たれた。大口径の拳銃の反動に、サハラの腕が跳ね上がった。

あらゆる異名。成し遂げた悪行。人生がどれだけ波瀾万丈《はらんばんじょう》に彩《いろど》られようと、死は平等に訪れる。

時として、あまりにもあっさりと。

頭を丸ごと消し飛ばす威力の導力弾によって、ゲノム・クトゥルワは、その生涯に幕を下ろした。

「……じゃあね、私のトラウマ」

今度こそ、終わった。サハラの手から、大口径拳銃が滑り落ちる。

極度の疲労と導力を使い果たした反動に、サハラは意識を手放した。

勝利はした。

マヤにも、それはわかった。サハラが頑張ってくれた末に辛勝だ。だが、犠牲がなかったわけではない。

「ノノ……」

サハラを支えながら、上半身だけになったノノを看取《みと》るためにマヤは彼女の手を取る。血は流れていない。体の断面も、人形じみた様相だ。しかし魔導兵の体とはいっても、こんな状態になってしまっては長く稼働できない。

きつく当たっていたが、マヤにとっては千年ぶりに会って自分の味方をしてくれた人間だ。思い入れが、ないわけがない。

「ごめん……本当は、あたし、ノノと会えて嬉しかったの。もっと、ちゃんと――」

「あ、気にしないでくれたまえ。ボク、ただの録音機だから」

「――は？」

しんみりとした空気が吹っ飛んだ。

あ然とするマヤに、ここにいる時間が残り少ないノノは種明かしをする。

「ボクはいま、君たちからしてみれば千年前の環境制御塔にいて、【星読み】と接続しているんだ。カー君と協力してボクの予知演算をしてね。千年後のシミュレーションをして、【星読み】にボクの声を録音して、行動パターンも設定して動いてるんだよ。未来で起こる危機的状況を予知して、その対策行動を【星読み】に打ち込んでいるんだ」

二人の困惑もよそに、なぜか自慢げにノノが自分の予言について披露する。

「これこそが、ボクの予言の本質だよ」

「ええっと……つまり、どういうこと？」

「いま千年前に生きているボクにとってみれば、君は数ある未来シミュレーションの一つでしかないのさ！　ぶっちゃけ、この行動パターン記録も十中八九無駄になると思ってる！　あっはっはっは！」

「てい」

「ぎゃぁあああああああああ⁉」

ちょうど壊れた壁の穴のふちにいたので、マヤはノノを環境制御塔から蹴り捨てた。きっとこれが彼女との今生の別れになるだろうと、晴れ晴れした笑顔で落下するノノに手を振った。

「よし！　これで全部、心置きなく解決したわね！　あとはメノウたちが到着して、この制御室を解析すれば終わり！　……って、あ」

自分で言っていて、おかしいことに気が付いた。

万魔殿《パンデモニウム》が、いない。

マヤたちは、環境制御塔に万魔殿《パンデモニウム》がいるという前提のもとに行動していた。彼女の感覚が万魔殿《パンデモニウム》特有の気配を捉えていた。共鳴していたと言ってもいい。

だが、環境制御塔にいないのだ。内壁の一部が原罪概念に浸食されている箇所こそあったが、万魔殿《パンデモニウム》の姿は影も形もなかった。

人災《ヒューマン・エラー》である万魔殿《パンデモニウム》が、もしもゲノムとはまったく違うところで企みを進めていたら。

サハラたちはもとより、メノウにも気付かれないところで事態が進行していたら、もはや、止めようがないのでは？

「――ッ！」

その予感はマヤが穴の空いた壁から天井区画を見た時に、確信に変わった。

ゲノム・クトゥルワが死んだ。

サハラたちとはまったくの逆方向から天井区画を進んでいたモモは、天井区画で破壊工作を行っていたゲノムの端末たちが動かなくなったことで、その事実を悟った。

「ゲノム。お前はよくやってくれました」

マヤがこの『遺跡街』に万魔殿《パンデモニウム》の一部があると気がついた時に、それを所持しているのがゲノムであるということを疑った人物はいなかった。遺跡街にひらめく赤旗。環境制御塔の位置にある万魔殿《パンデモニウム》の気配。その二つの要素から、そう考えるのが自然だったからだ。

モモがそう予想するように誘導した。ゲノムに万魔殿《パンデモニウム》のほんの一部の爪を提供してモモが一時的に『遺跡街』に入ることを許可させ、マヤにはその時に滞留した万魔殿《パンデモニウム》の気配を感じさせた。事情を知るアビィはメノウたちと分断して合流し、彼女が余計なことを必要以上、話させないことにした。アビィには『絡繰り世』で彼女が本当にやりたいことが残っている。

彼女は間違いなく人類の味方をしてくれるが、メノウの味方でい続けてくれるわけではないのだ。

この騒乱の中、ゲノムに与《くみ》することなく、かといってメノウたちに利することもなく静かに準備を進めていたモモは、白のキャリーケースを開ける。

そこには白い包帯でぐるぐる巻きにされた腕が納まっていた。

【白】の魔導で編まれた包帯で封印処理を施し、導力を遮断《しゃだん》する箱に閉じ込めた気配までは、マヤでも感じることができなかった。

ほそく、幼い、万魔の腕。

巻かれた包帯の手のひらの隙間から、口が開く。

「ね、おねーさん！　あたしを解放してくれれば、お礼に一つだけ願いを叶えてあげるわ！」

都合のよすぎる言葉は、善意ではない。本意ですらない。気まぐれに、いまの状況に即応した一人芝居をしているだけに過ぎない。もしもモモがつまらない願いを口にすれば、次の瞬間、態度を翻《ひるがえ》して襲いかかってくるだろう。

だからモモはなにも言わない。なにも望まないことが正解だとわかっていた。ただ包帯を解いて万魔殿《パンデモニウム》を解放し、背を向けて駆け出した。

「まあ……残念」

にまぁっと笑った幼子の腕が膨れ上がる。二の腕が下半身となって一の腕が上半身に、そして手のひら五本指がこねくり回され、かわいらしい幼女の姿を取り戻した。

彼女の足元にある影が、広がっていく。万魔殿《パンデモニウム》の片腕。彼女に分け与えられた異界が、天井区画を飲み込んでいく。

万魔殿《パンデモニウム》の片腕が動き出す場所は、どこでもよかったのだ。

これほどに原色概念に満ちた空間である。空気中に漂う微細導器群を浸食して、原罪概念は

止められようもなく浸食する。

『遺跡街』でメノウを仕留める。そのためにミシェルから指令を受けていたモモが受け取ったものが万魔殿《パンデモニウム》の右腕だ。

影が、広がっていく。

光を遮《さえぎ》ってできる、通常の影ではない。存在そのものが光を飲み込む、真っ黒な影だ。

あれこそが、人間の負の思念が渦巻く広大無辺な異界への入り口。『遺跡街』から脱出しながら、見極めを終えたモモは小さく呟く。

「あの人は……」

メノウの姿を脳裏に浮かべ、双眸《そうぼう》に憤怒《ふんぬ》を浮かべる。

「絶対に、許しませんよ」

遺跡街の天井《てんじょう》区画が、真っ黒な影に覆《おお》われていた。

メノウとアビィは、なすすべもなく浸食を見送るしかなかった。空がないはずの天井が黒く塗りつぶされ、夜空へと変換していく。

このまま黒い影が広がっても、空間が崩壊することはない。同じ異空間でも、原色概念と原罪概念では安定度が比較にならないのだ。魔物が這《は》い出る原罪異界は、人間が魔導で作るまでもなく太古の太古から存在する。広大無辺の思念の渦であり、いまメノウたちが生きている世界と同等以上に存在し続けているのだ。

日本がある世界とメノウたちの世界が一体化しないのと同じように、メノウたちの世界と魔物がはびこる異界は融合しない。

だから異界の入り口となる影に天井区画が呑まれただけならば、大きな害はない。

問題となるのは、その次だ。メノウが焦燥にかられながら上を見つめていた時だ。

「ぁああああああああああ！」

悲鳴とともに、環境制御塔からノノの上半身が落下してきた。

「は?」

「およっと」

困惑するメノウが動く前に、アビィがうまく落下の衝撃を殺してノノをキャッチする。

「あ、ありがとう、アビィちゃん。さすがボクとカー君の娘だね！　親孝行の子で嬉し――」

「なに、この人形録音機?」

「――あ、バレた?」

二人のやり取りで、メノウはノノに対して感じていた違和感の正体を掴《つか》んだ。アビィは特に嫌悪感もなく、ノノのことを『録音機』と呼んだ。ノノの体が魔導兵であっても魂が宿っていない証拠だ。いまここにいるノノは、千年前から予知した情報をもとに星崎《ほしざき》廼乃《のの》が行動パターンを【星読み】に設定したものなのだろう。

彼女は、過去でした未来の予言に対応した行動パターンを、目の前にある端末に入力していたのだ。ノノの言動に危機感がなかった理由にちょっとイラついたので、彼女の頰《ほお》をつねる。

「命の危険もない高みの見物からの口出しは楽しかったかしらぁ、ノノぉ?」

「たのふぃいぞ!」

「……減らない口ね」

引っ張っていた頰から指を離す。上半身だけになっているいまのノノは稼働限界が近そうだ。

「アビィ。このガラクタ、あと何分動く?」

「これ？　一分も持たないかな。受け止《と》めた時の衝撃で、ダメになったから」

「よし、ノノ。あと一分、これから起こることを話しなさい」

「はーい。って、まあ見ればわかってもらえると思うんだけど、上にいる万魔殿《パンデモニウム》をなんとかしてもらうのが、最後だよ。ゲノムのほうは安心してくれ。ボクの指示によって、サハラ君がケリをつけてくれたからね！」

メノウの辛口にもめげる様子もなく、ノノが上を指さす。ゲノムをサハラが打倒したという話に、へえっと内心で感心する。

「気が付いていると思うけど、あれは万魔殿《パンデモニウム》の影だ。自分の影で天井区画を構成していた微細導器群体《マイクロマシン》を食い尽くして、自分の肉体に変換していっている。彼女にとってみれば、これ以上ないエサだからね」

万魔殿《パンデモニウム》は、間違いなく世界に被害を起こすための行動を選択する。その思考を前提に次の行動が予測できた。

「あと数分で、あの小さな怪物は食い尽くした天井区画の空間を、現世に召喚する。空間のズレが正され、上半分の街並みが消失して北大陸中央部の上空に魔物と化して出現する」

空間の位相のズレが正されれば『星骸《せいがい》』の中心核と環境制御塔が空間交錯を起こして合体する。北大陸に白濁液の雨が降りそそぎ、ノノが危惧していた『星骸』と万魔殿《パンデモニウム》の融合が引き起こされるだろう。

「というわけで、頑張ってくれたまえ。このルートのシミュレーションだとボクはここで壊れてしまうから、いまより先のことはなにもわからない。【星読み】の体はアビィちゃんにあげるよ。あとでじっくり解析してくれたまえ！　『星骸』の管理権限は、それで手に入るぞ！」

「ふーん？　誰の伝言だか知らないけど、ありがとうね」

「お礼なんてよせやい！　ボクはもとの世界に戻るための未来を叶《かな》えるために全力で策を講じるけど、君たちは君たちの未来のために全力を尽くしたまえ」

ちょうど、一分。ノノが、ぱちりとウィンクを飛ばす。

「じゃあね、メノウ君。この千年後で、ハクアよりも君に会えて、嬉《うれ》しかったよ」

言い終わると同時に、瞳《ひとみ》から星型の導力光が消えた。擬似的にノノという意識を再現していた機構は完全に破壊され、もう二度と動くことはない。

千年の昔から世界が危機的な状況に陥《おちい》る度に目覚め、星崎洒乃が打ち込んだ行動パターンに従い動き続けた【使徒《エルダー》：星読み】は、ここに潰《つい》えたのだ。

「……反応に困る別れね」

もう二度と会うことはないだろうに、あそこまで明るいとしんみりした感情など湧くはずはない。なによりノノはいま死んだわけではない。そもそもメノウはノノと出会っていないのだ。

それでもあえて心に楔《くさび》を打つような別れを告げるのだから、根っこから性根がひねくれていたのだろう。

ほんの数秒、千年前に生きていた星崎廼乃に思いを巡らせる。

だがおちおち感傷に浸ってもいられない。黙とうを終えて顔を上げると、もはや天井区画のほとんどは万魔殿《パンデモニウム》に侵食されてしまっていた。メノウたちができることは――まだ、あった。

「……」

メノウは無言で壁となってそびえる環境制御塔に手を触れた。

最大の問題は、なにか。

『星骸』と環境制御塔の融合こそが一番の被害をもたらす。『星骸』の中心核が破壊されれば、北大陸の上空を巡っている他の星も落下を始める。大質量と白濁液の墜落は、北大陸そのものの滅びをもたらしかねない。

それもこれも、『星骸』中心核の直下に環境制御塔があるのが悪いのだ。

『星骸』と同じ空間座標に物体がなければ、物体同士が融合する空間交錯は発生しない。天井都市が北大陸中央部に降りそそぐ事態にはなるだろうが、無人の地域に誰《だれ》も住んでいない天井区画が瓦礫《がれき》となって降りそそごうとも、誰が困るわけでもない。

「アビィ。折るわよ、これ」

メノウとアビィで上部の根元を折ってしまえば、上からぶら下がって伸びる環境制御塔の上部は落下する。空間が統合した際に『星骸』と環境制御塔の空間座標は位置関係を異なるものとして、交錯することはないのだ。

そして、環境制御塔の中央部には、『絡繰《からく》り世《よ》』につながる空間の穴が空いている。上部分を落下させれば、うまく飲み込まれて『絡繰り世』に入るだろう。しかもそこは、アビィの管理している区域だ。

ノノの予言を伝えた【星読み】の肉体も含めて『星骸』の管理権限を掌握している部分が、そっくりそのまま手に入る。

「いいよ、メノウちゃん。任せて！」

即座にメノウの意図を理解し、小気味よく答えたアビィが腕を伸ばす。目標は環境制御塔の上半分を支えている天井の基底部分だ。

『導力：素材併呑――三原色ノ理・原色擬似概念――』

褐色肌の全身が導力光に輝き、アビィの精神が褐色の体が内蔵している格納空間に向かう。空間を構成している原色概念の最小単位、微細導器群体《マイクロマシン》を引き出し、組み替え、構成し直して展開する。

多くは自分の残機換装のための素材だが、一部は決戦兵器として格納してある。

『起動【模擬『器』兵装：アビリティ・コントロール】』

アビィを中心にして、世界が塗り替えられる。

かつて破壊不能となった地上攻撃用人工衛星兵器に対抗して、地上から軌道衛星上の兵器を狙い撃つべく開発された防空兵器。古代文明の英知を再編した導力エネルギー兵器が展開され放たれた。

空間が激震して、遥か上部で環境制御塔の根元が吹き飛んだ。基部を失って落下した環境制御塔の上半分が、導力光の球体に飲み込まれていく。

「よし！」

成功だ。下で快哉を上げたアビィの声も聞こえる。

同時に、空間が軋みをあげた。このままでは、サハラたちと分断されて地下にとりのこされてしまう。

『導力：接続——短剣銃・紋章——発動【導枝】』

刃から伸びた【導枝】を地面に置き、メノウがつま先で短剣銃の柄《つか》に乗る。足から導力を流して紋章魔導を継続したまま、アビィに手を伸ばした。

「はい、アビィ。お手をどうぞ」

「うん！」

アビィを乗せてさらに短剣銃へ導力を注《そそ》ぎ込む。メノウたちを乗せた【導枝】を伸ばし、上へと向かう。強度を維持するために相応の導力がいるが、異世界人であるアカリの導力とつながっているいまのメノウならば、十分に賄《まかな》える。

導力の枝を伸ばしている途中で、『絡繰り世』に半ば以上入っている環境制御塔からサハラとマヤが出てきた。

内部でなにがあったのか、サハラは意識を失っているようだ。小さな体で必死になってサハラを抱えながら空中に放りだされたマヤを、メノウがキャッチする。

「な、んで、いきなり壊れるの⁉」

「ごめん。私が壊した」

「はぁ⁉」

メノウたちにとっては緊急事態だったが、マヤの怒りは真っ当だ。環境制御塔の中にいたとなれば、いきなり上の基部を破壊されれば焦《あせ》るだろう。

「それで……ノノなんだけど――」

「奴《やつ》は死んだわ」

「あ、はい」

メノウがなにか言うより早く、マヤが真顔で断言した。気圧されたのと気持ちがよくわかるのとで、反射的に敬語になってしまう。

「あの性悪、ホントあれよ。この世界から綺麗《きれい》さっぱりいなくなってせいせいした」

「え？ 誰、ノノって？」

さっき一瞬遭遇したきりで、しかも一瞥してノノのボディである【星読み】のことを録音装置並の抜け殻と見抜いたアビィも含めているため、会話が混沌としてくる。

四人を乗せて伸び上がる【導枝】が上部にたどり着く頃には、天井区画はすでにほぼ飲み込まれていた。背の高いビルだけが元の素材を残している状態だ。

そして遺跡街の空間半分を、重く粘りつく魔導構成が包み込む。

これはリベールの時にも感じた。大規模な召喚魔導の前兆だ。

『導力：生贄供儀――混沌癒着・純粋概念【魔】――召喚【ひっくりかえってどんがらしゃ】』

原罪概念に飲み込まれた天井区画が、もとの空間軸に召喚する魔導が行使された次の瞬間。

フォール・ダウンが始まった。


『遺跡街』にいたはずのメノウたちの視界が、突如として開かれた。

遺跡街の上半分だけを浸食、召喚することによって、空間交錯の衝突を起こすことなく地上に出たのだ。

周囲の光景すべてが重力に囚われて地上へと向かう。下方に見えるのは北大陸中央部の窪地《くぼち》だ。かつてくり抜かれた大地を埋めるためだと言わんばかりに、『遺跡街』の天井区画だったの質量が豪雨のごとく降りそそごうとする。

メノウは落下の風圧を全身に受けながら、視線だけを上空に向ける。

そこには白濁液に包まれた巨大な球体――『星骸』が漂《ただよ》っていた。メノウの狙《ねら》い通り、環境制御塔の上半分を叩《たた》き折ることで、空間が統合する際に起こる物体融合を発生させないで済んだのだ。

最悪の事態は回避した。このまま放っておいても、人的な被害は出ない。

とはいえ地面に落ちればメノウたちが助からない。平気なのはアビィくらいなものだ。

メノウは導力を汲み上げる。

魂の奥から、こんこんとあふれ出る【力】を素材学により厳選された短剣に流し込む。

メノウが引き出した導力は、紋章学に則《のっと》り刻まれた印に従い魔導現象を引き起こす。

『導力：接続――短剣銃・紋章――発動【導枝：ヤドリギの剣】』

短剣から、導力で構成された枝が伸びる。メノウはマヤからサハラを受け取って、アビィに差し出した。

「アビィ。サハラを任せたわ」

「喜んで！」

おそらくはこのまま落下しても壊れないアビィは、気絶しているサハラを受け取っても余裕しゃくしゃくな態度だ。そんなアビィに、メノウはにこやかな笑顔を向ける。

「それと、これ、あなたに刺すから。ちょっと耐えて。さすがに万魔殿《パンデモニウム》と戦いながらこっちを維持するのは、無理」

「う ゛え？」

返事は聞かなかった。

メノウは【ヤドリギの剣】をアビィに突き刺す。差し込まれた部分からアビィの導力を吸い取って、導力のヤドリギが枝分かれをして空中に伸び広がる。

紋章魔導を、並みの儀式魔導よりも広範囲に展開する。

これほどの範囲に【導枝】を展開するのは、メノウ個人の導力量ではとても足りない。アカリと導力接続をしてつながっている経路から【力】を引き出してはじめて可能な芸当だ。

「サハラと一緒に、地上でこの魔導の維持をお願い」

「待って待って待って、それはちょっとおかしいんじゃないかなっておねーさん思うんだけ
――どぅ!?」

緊急事態なため、それ以上は聞かなかった。

周囲に降りそそいでくる瓦礫は、万魔殿《パンデモニウム》の一部と化している。アビィでは触れることすら躊躇《ためら》う状況だ。ここからの戦闘は厳しい。気絶しているサハラを保護してもらったほうがいい。

メノウは完成させた魔導陣の意味を、この世界へと展開させる。

『導力：接続――導力枝・儀式魔導陣――発動【ヤドリギの剣：世界樹】』

寄生していたアビィの導力を吸って、広げたドーム全体から導力の枝が伸びあがった。

メノウ自身は知らないが、かつて導師《マスター》がマノンと万魔殿《パンデモニウム》を退けた時に用いていた手法の発展形である。地面まで落下していくアビィの導力を搾り取り、巨大な一本の大樹へと成長していく。

「ん、ぎぎぎぎぎぃ！」

さすがのアビィといえども、大量の導力を吸われ過ぎたらしく苦し気な声を上げる。

驚異的な速度で巨大な樹木が空中に伸びていく。互いに絡《から》み合《あ》うことで強度を増しながらも、基底部を無数に枝分かれさせたことで自重を分散させている。落下するよりはるかに素早く地面に到達して地中に根を伸ばし、頑強な基部を構築した。

未開拓領域の空を覆うほどの広範囲で、【導枝】が花開いて広がっていく。

メノウが展開させていく【導枝】に、落下中だったビルが降りそそぐ。

すさまじい轟音《ごうおん》が響くもメノウが張り巡らせた【導枝】は、びくともしない。落下途中とはいえ、数十メートルは重力のままに加速した巨大建造物を見事に受け止めていく。

「うん。足場は完成ね」

だが、メノウがここまで大規模に【導枝】を展開したのは、建造物を受け止めるためではない。むしろ、それはおまけだ。

最大の目的は、ここで戦うのに有利なフィールドをつくるためである。

ここに残ったのは、メノウとマヤだ。二人の前に、一人の幼女が降り立った。

「まあ」

一つの都市が崩落する激動のさなかにあって、その声は奇妙なほどはっきりと響いた。

「まったく、つまらないことしてくれるのね」

ビル群が落下の衝撃で瓦礫と化した中、魔物の一匹に腰掛けた幼女が頬杖《ほおづえ》をつく。

「どうして邪魔をするのかしら。もうちょっとで本当に『星』が落ちる、素敵な天体観測が始まったのに」

「素敵じゃない！」

真っ先にマヤが叫び返す。

「あたしは、そんなことを望んだことがない！　あたしの肉体を使って、この世界であなたの好き勝手をしないでッ」

「まるでお話にならないわね。あなたこそ、あたしみたいな顔で変なことを言わないでほしいわ」

マヤの言葉に、万魔殿《パンデモニウム》はにんまりと口端を持ち上げる。強がりを見抜き、弱点を暴《あば》き出《だ》す。

「まあ、まあ。それに嘘《うそ》を吐いてるわね。思ったことが、あったはずよ」

小さなささやきだというのに、耳に届く声だった。

「世界なんて壊れてしまえと、みんな死んでしまえと、人類なんて滅んでしまえと。だから、そうすればいいじゃない。あなたじゃなくても、誰もが思ったことのある願望を、あたしはかなえてあげたいの！」

万魔殿《パンデモニウム》の言う通り、人は誰しも自分の生がおっくうになるよりも早く、こんな世界はなくなってしまえと祈ったことがあるだろう。我こそは代弁者と言わんばかりに、万魔殿《パンデモニウム》は演説をする。

「あたし、聞いたのよ？　東で引きこもっているあの人の世界との境界線が崩れると、こっちの世界が滅んじゃうのよね？」

「あなたもよ」

「そうね。だから考えたの」

演技過剰に両腕を広げていた万魔殿《パンデモニウム》は、地上を指さす。

足場を支えるアビィとサハラがいるが、そちらではない。

ちょうど、地上部分に導力光が渦巻く球体があった。直径数十メートルはある『絡繰り世』への入り口だ。

「ずうっと閉じこもっているあの人のお家をあたしの異界で染め上げて、この世界に召喚してあげればいいんじゃないかしら！」

さも名案だとばかりに披露されたのは、思い付くこと自体が最低最悪な提案だった。

万魔殿《パンデモニウム》の思い付きは、この世界が原罪概念の異界そのものに塗り替わる方法である。

「ね？　だからあたしが、そこの穴を通るのを見過ごしてくれないかしら？」

「話にならないわね」

異界から生命を召喚する。召喚した生命でこの世界を浸食し、変質させる。

千年前は役に立てようとも思わなかった。有無を言わせず捕らえられて純粋概念の検体としてとらえられた過去がトラウマだった。人災《ヒューマン・エラー》になった後の自分の能力のおぞましさが恐ろしかった。記憶を削る純粋概念なんて試したくもなかったし、向き合いたくもなかった。

そんな自分の成れの果てと、マヤは向き合った。

「あたしは、自分を変えることができる」

自分は目の前の自分ではない。捕らえられた憐れな大志万摩耶《おおしままや》でもない。すべての経験を経て、マヤはいま、この世界に生きているのだ。

「まあ……別に、いいわ」

人災《ヒューマン・エラー》になる前の自分の言葉がさして響いた様子もなく、万魔殿《パンデモニウム》が空を見上げる。手を伸ばせば届くのではないかというほど近い距離に、『星骸』の中心核は浮かんでいた。

「まだまだ、この空を混沌とさせるのに手遅れじゃあないものね？」


雲を超えて伸び上がった【導枝】が、上空にいた魔物の群れを貫いた。

地上で待機しながらも、この大樹となった【導枝】を支えているのはアビィだ。彼女は自分が放った小型の魔導兵から視界を得て、不慣れながらも【導枝】を操作する。

濁った絶叫が空に響く。大量にいた魔物も、半分以上貫かれた。足場にしている広大な範囲の【導枝】の操作に巻き込まれないように注意しつつ、メノウは短剣を投擲する。

『導力：接続――短剣・紋章――二重発動【疾風・導糸】』

万魔殿《パンデモニウム》は、メノウの放った短剣を避ける仕草すら見せなかった。

疾風により加速した短剣は、しごくあっさり万魔殿《パンデモニウム》の額を貫く。絶命して落下する遺体を、翼を生やした魔物が空中で捕食。万魔殿《パンデモニウム》を飲み込み、急旋回してメノウに襲いかかってくる。

メノウは動きを止めることなく、首を伸ばして突き出したくちばしを躱《かわ》しざまに近くの【導枝】を一本掴み、導力操作で変形。長剣の形にして振るい、魔物の首を刎《は》ね飛ばした。

「ま！」

絶命した魔物の断面内部から、血まみれの幼女が姿を現す。

普通ならば考えられない手段でメノウに接敵した万魔殿《パンデモニウム》の両目が、深紅の導力光に輝く。

『導力：生贄供犠――混沌癒着・純粋概念【魔】――召喚【これくらいのお弁当箱】』

幼い腕が、上下に割れる。割れた断面にはギザギザの歯がずらりと並んでいた。

幼女のほっそりとした腕が人を丸呑みできる怪物に変わり、メノウに食いついてくる。メノウはマヤを片手に抱き寄せ、跳び退きながら短剣に導力を流す。

『導力：接続――短剣・紋章――発動【疾風】』

ただの跳躍では避けきれないと、短剣から噴き出した【疾風】で空中を滑る。寸前までメノウがいた空間を通り過ぎた攻撃に、【導枝】周辺がごっそりと食い散らかされる。決してやわい強度ではない。メノウがあそこにいれば、原型も残らずすり潰《つぶ》されていた。

純粋概念【魔】。

メノウは、人の形をした化け物を睨《にら》みつける。大量の魔物に囲まれた幼女は、たとえようもない嫌悪感と威圧感を纏《まと》っていた。千年生き続け、あのハクアですら封印するしかなかったという世界でも最低最悪の怪物だ。

だがいまのメノウたちには、勝機となる手札はあった。

「マヤ、いけるわね」

「あったりまえよ」

勇ましく答えた彼女こそが、勝ち札となる。

「つまんないシナリオを考えているのね」

記憶を消費し続けている人災《ヒューマン・エラー》は、退屈を示すためにわざとらしく大あくびをする。

「あたしは万魔の片腕。小指のあなたとどっちが強いかくらい、当たり前にわからないのかしら？」

万魔殿《パンデモニウム》の両目が、深紅の導力光を帯びる。

『導力：生贄供犠――混沌癒着・純粋概念【魔】――召喚【ぽっぽっぽっと泣きあそべ】』

万魔殿《パンデモニウム》の体から、大量の真っ黒な鳥類が飛び立つ。

十四、百四、千四、さらに倍。栓が壊れた蛇口かと思うほどに、あふれて雲海の津波となる。

幼い彼女の体には、かつて南方諸島連合を食い殺した時に蓄えた幾千万の生贄《いけにえ》が詰まっている。当時の生贄の過半数以上はいまだ霧に囚われている本体に詰め込んであるとはいえ、小指ではなく片腕である『万魔殿《パンデモニウム》』を構成する生贄の総量は以前と比べて跳ね上がっている。

『導力：接続——教典・九章三節——発動【邪悪なる在り処を知り、光にて照らせ】』

教典から発せられた導力光に照らされて、魔物が消滅する。だが焼け石に水だ。次から次へと襲い掛かる鳥の魔物を、下にいるアビィが【導枝】を操作して迎撃する。

リベールの街で相対した、一人分の生贄でしかなかった小指の体とは違う。いまの彼女はわざわざ新しい生贄をむさぼる必要がないほど、原罪に満ちている。

リベールの時のように、生贄が切れることは期待できない。召喚される魔物が弱いことに変わりはないが、万魔殿《パンデモニウム》にとどめを刺す手段がない以上、遠からず物量に圧倒される。

だがメノウも、あの時とは違う切り札を手に入れている。

いま短剣銃はアビィに預けている。だからメノウは、指鉄砲の形をつくった。こうした形で使うのは初めてだが、いやにしっくりときた。

紫色の導力光が、メノウの指先に宿る。

「素敵ね。その鉄砲を使うの？」

メノウが純粋概念を行使しようとしているのを目の当《ま》たり《あ》にして、万魔殿《パンデモニウム》がきゃっきゃと歓声を上げる。

「あなたもあたしみたいになって、一緒に踊るのもいいと思うわ！　どうぞ、もっともっと使ってくださいな？」

「いいの？　アカリと違って、私にこけおどしは通じないわよ」

メノウは紫色の導力光が宿る指先を向ける。

「リベールの時、わざわざアカリにちょっかいをかけていたわよね。あれ、少し不思議だったんだけど、【時】を使えるようになって、わかったわ」

かつて、アカリが純粋概念【時】を放つ際に狙いを定めていた動きを、メノウが真似る。

「あなたを封印できるアカリの能力が、怖かったからでしょう」

リベールにいた時、万魔殿《パンデモニウム》はことさらアカリに付きまとっていた。見せつけるようにアカリの魔導が無意味だと主張していた。お前の魔導など通じないと、無意味だと言わんばかりにだ。

だが、違う。

戦闘経験の少ないアカリに対しては、十分なはったりになっただろう。だがメノウの目はごまかせない。あれは、まともにアカリの魔導を食らいたくなかったのだ。

純粋概念【時】は、場所よりも物体に作用する。自分を再召喚することで不死身に近い生態をしている万魔殿《パンデモニウム》にとって、モノや人の時間を【停止】する魔導は、場所を封じる白霧よりも有効な封印となりえるのだ。

万魔殿《パンデモニウム》ほどの存在を永久に【停止】させようとすれば、メノウの記憶がどれほど削れるか知れたものではない。

それでも、メノウが自分を賭して放てば万魔殿《パンデモニウム》を封印できるのだ。

「……怖い？」

突き付けられた指先に輝く紫の導力光を前に、万魔殿《パンデモニウム》が不思議なものを見る目になる。

こてん、と首を傾《かし》げる。無表情で、糸が切れた人形の動きだ。

「こわい、怖い、恐い、強い、コワい……この、あたしが？」

両目に、赤よりも深い紅の導力光が宿る。

「コワイぃぃぃぃぃぃぃぃぃぃぃぃ？」

魔物の鳴き声よりも奇妙な奇声が上がった。

万魔殿《パンデモニウム》が、幼い口を開いた。

大きく、大きく、ぱっくりと。

真っ白な喉《のど》をのけぞらせて、整った下顎骨《かがくこつ》のおとがいを正面に、深紅に輝く視線を上空に固定する。

開いた口端から、ぴりりと破けて脱皮を始めるのではないかと思わせるほど、大きく。幼いながらも上品な顔の造りが歪《ゆが》んでたわむほど、大きく。全身の皮膚がかぶりもので開けた口はファスナーを下ろした装着口であるかのように、大きく。これから人間という外皮を脱ぎ去る準備を始めているかのごとく、大きく。

開いた口内は、黒々とした光を通さぬ無限の虚無が続く。

全員の動きが、止まった。

不気味さに、ではない。生理的嫌悪感を催す言動など、今更だ。

彼女を見る者の身をすくませたのは、純粋な恐怖だ。

形なんてないはずの虚無が、動いたのだ。

見えないことを黒と呼ぶならば、それは黒だった。

真っ黒な虚《うつ》ろが、形になる。この世にないはずの【力】が幼女の口を内側から押し上げて、異界からあふれ出る。

召喚された異世界人の魂に癒着して、概念行使の代償に精神を食い潰し、果てに肉体を支配して跳梁《ちょうりょう》した挙げ句、命の意味をすり潰す千年を経た、異世界人の成れの果てのさらに最果て。

混沌たる熟成の末、這い出た存在。

古代文明よりさらに昔。

この世界で生まれた人が『純粋概念』と名付けて畏怖し続けた高次元の結晶。

【魔】。

概念の塊、一つの世界そのものが、人の皮からぐうっと身を乗り出す。

見る者すべての魂が萎縮する中、声なき概念が魔導を唱えた。

『導力：生贄供犠――混沌癒着・純粋概念【魔】――召喚【天神様が連れ去った、子供でつくる赤い靴】』

周囲が赤く染まった。

周辺を飛び回っていた魔物、影に取り込まれることで原罪概念に浸食されていた大量の建造物。それらすべてが生贄に捧げられて赤い粒子となって空に舞い上がる。

空が、ひび割れる音がした。

この世界が異界とつながるために、亀裂ができて剝《は》がれ落ちる。空にまがまがしいまでの裂け目ができる。巨大な、それこそ『遺跡街』にあった環境制御塔を上回る大きさの裂け目の淵《ふち》から、真《ま》っ赤《か》な靴を履《は》いた一本の足が下りてきた。

ピカピカになめした革の足裏には、びっしりと小さな歯が並んでいる。空の向こう側にいる存在が大きすぎて、足一本しか出すことがかなわないのだ。

万魔殿《パンデモニウム》が、ばくんっと勢いよく口を閉じる。

幼女からまろび出た存在が隠される。癒着した皮をかぶり直して、人間の顔を取り繕う。

見てはいけないものを見てしまい凍り付いた面々に『万魔殿《パンデモニウム》』は、にこりと笑いかける。

「リベールや聖地の時の、弱い子と一緒にしないでね？」

万魔殿《パンデモニウム》が人間の言葉を話したことで、メノウたちはようやく正体を取り戻す。

気圧されている場合ではない。魂が凍える心地を奮い立たせる。いま目撃したものは後回しだ。直近の危機は、天の裂け目から飛び出た赤靴を履いた足である。

魔物の強さは、生きた年数に比例する。喰らった分だけ際限なく巨大化し、あらゆる環境に適応して生存し、一個体で系統樹を無視した成長を繰り返して進化する。

これはさっきまでと違って、新しく召喚して生み出したものではない。

千年かけた蠱毒《こどく》に揺蕩《たゆた》うことで完成した、呪《のろ》いの一つ。

「あれは、とっても強い子よ？」

真っ赤な靴を履いた足が、『星骸』を蹴《け》り抜いた。

空が、揺れた。

衝撃が空振となって世界を揺さぶる。人の可聴域を下回る瞬間的な低周波が、衝撃波となって全員の全身を打ち据え震わせた。

たったの一撃で、白濁液ごと『星骸』が吹き飛ばされた。

メノウは慄然《りつぜん》とする。万魔殿《パンデモニウム》は生贄さえあれば、小細工をするまでもなく単独自力で『星骸』を落とすことができたのだ。

「くッ！」

衝撃で飛び散った白濁液が降る。一滴でも触れればひとたまりもなく死亡だ。メノウは、とっさに【導枝】を操作して頭上に傘を作って受け止めた。

だが、それまでだった。

足場となっていた【導枝】が、一瞬にして真っ白に染まる。『星骸』は乗るべき軌道から蹴落とされ、空から落下しつつある。救いといえば、召喚された赤い靴もノーダメージとはならず、半ば以上が白く染まっていることだろう。

万魔殿《パンデモニウム》は自分が成《な》した星落としの結果を見届けるべく、わくわくと瞳《ひとみ》に愉悦《ゆえつ》を宿していた。

真っ白になった足場に、ヒビが走った。

白濁液に浸食された【導枝】が効果を失うまで、あと幾ばくもない。そのタイムリミットの中で、メノウは万魔殿《パンデモニウム》の期待を打ち砕くために教典を開く。

教典に、導力を注ぎ込む。

『導力：接続――教典・一章四節全文――発動【「お前はなにをしている。」王は問うた。女は答える。「井戸を掘っております。」乾いた大地。ひび割れた地。砂のさなか。王は不思議に思う。水無き地。この世の終わりになぜ。王は言う。「水は湧《わ》かぬ。鉱脈は尽きた。油も干からび果てた。平穏はない。秩序もない。今の世界で何が湧くか。埋まるものがあるのか。見出せるものがあるか。掘り起こすべきものが、あるのか。」女は答える。「死んでおりませぬ。この地には力が満ちております。」】』

教典を通して、莫大な導力を自分に接続する。メノウはかつてのような素材としての純粋さを失っている。【力】を自分の体に素通りさせて一体化して操る導力接続はできなくなった。

それでも、導師《マスター》『陽炎《フレア》』から授けられた導力操作の基礎が揺らぐわけではない。

『下へ、下へと掘り進めば大いなる力の光に突き当たります。この世の真理。源。救いが訪れ大地の血脈より天高く吹き上げた力は、天を覆う大いなる巡りへとつながり、この星の光により平穏を知らしめる壁ができるでしょう。」王は、信じた。彼は見放されてなどいなかった。王は人を集め、地を掘り、光を見て、知った。希望を。つなげるものを。そう』

本来は地脈に干渉するための教典魔導で、先ほどの衝撃で壊れかけていた天脈の流れに干渉する。空を流れる天脈は莫大ながら、地脈とは違い指向性が薄い。空中に拡散しそうな【力】を、糸でも紡《つむ》ぐようにして束《たば》ねてまとめ上げて確かな線にする。

『主の御心は天地に通じ、千里のかなたまで征く【】』

『星骸』は物理干渉力がほぼ皆無に等しい魔導現象以前の【力】の流れに着地した。

「まあ！」

万魔殿の不満そうな声が上がる。『星骸』の落下を防いだのが、いたくご不満のようだ。

そこで生まれた意識の間隙《かんげき》を縫って動いたのは、マヤだった。メノウのもとから離れて、万魔殿《パンデモニウム》に向かって駆け出した。

その行動には、メノウも虚を突かれた。確かにいまはチャンスだ。万魔殿《パンデモニウム》は上空にある赤い靴を履いた足を召喚するために、ここにあった自由にできる生贄をほぼすべて消費した。だが、さっきの万魔殿《パンデモニウム》の中身がメノウの脳裏をよぎる。

あんなものに、マヤを近づかせていいのか。

そんなメノウの躊躇《ちゅうちょ》などふざけるなと言わんばかりの果敢さで、マヤが万魔殿《パンデモニウム》へとまっすぐに駆けていく。

「まああ……いくらあたしが弱くても、それはさすがに心外だわ」

万魔殿《パンデモニウム》の影が広がった。無数の黒い槍となって射出され、全方位からマヤだけを狙って襲いかかる。

まずい。メノウは焦燥に駆られた。自分が迷ったぶん、躊躇わなかったマヤとの距離が空いている。万魔殿《パンデモニウム》の攻撃を防ぐには、一発の【停止】では意味がない。もう、一瞬後にはマヤがあまたの影の槍で貫かれてしまう。

メノウは、自分のこめかみに指を突きつけた。

『導力：接続――不正共有・純粋概念【時】――発動【加速】』

メノウの世界が加速した。脳内で光が炸裂するような錯覚が起こる。ありえないほどのスピードで走り、マヤを狙う影の槍を短剣で残らず切り落とす。

「ま、ぁ、あ?」

スローテンポになった万魔殿《パンデモニウム》の声を聞きながら、メノウはマヤを抱えて駆け抜ける。影の鎌首が、一斉に持ち上がった。メノウはマヤを抱えたまま、四方八方から迫る影の刃に対して体を回転させて切り払う。切り裂かれた影が宙に消える。

一瞬だけ空いた空間を見逃さずに、前へ。

【加速】から、たったの一秒で影の大元までたどり着いた。

だがその一秒で、万魔殿《パンデモニウム》の召喚魔導は完了していた。

『導力：生贄供犠――混沌癒着・純粋概念【魔】――召喚【みんな友達みみずの子】』

肉の触手が津波となってメノウとマヤを飲み込もうとする。万魔殿《パンデモニウム》まで、あと五歩。その五歩の間を、細長い肉の触手が埋め尽くす。速さだけではどうしようもない、怒濤の物量攻撃だ。

鉄砲水のように迫りくる触手の群れを前に、メノウは左手に持つ教典に、あらん限りの導力を注ぐ。

『導力：接続――教典・十二章一節――発動【打ち付けよ、打ち付けよ、ただ支えるために】』

教典魔導によって形成された導力の釘《くぎ》が、肉の触手を打ち抜いた。

道が、開けた。

だがすぐに塞《ふさ》がろうとする。

「マヤ」

抱えていたマヤの襟《えり》を掴み、隙間にねじ込んだ。

「どうにか、しなさい！」

残りのすべてを託し、メノウはマヤを万魔殿《パンデモニウム》のもとまで送り届けた。

万魔殿《パンデモニウム》の五歩圏内は、静かな空間だった。

メノウの助力によって不可侵となっていたそこへ踏み込んで、マヤは初めて気が付いた。万魔殿《パンデモニウム》の周囲には、不出来で等身大のジオラマのような映画空間ができていた。『遺跡街』の数ある瓦礫の中から映画館のシアタールームの破片を集めて配置したのだろう。

三歩歩いて、マヤは自分とそっくりの少女と相対した。

上空からは、ゆっくりと赤い靴が降りてきていた。あれが自分たちのもとまでたどり着けば、おしまいだ。本当にどうしようもない存在だというのが、ひしひしと伝わる。なにせ白濁液で白くなっていたはずの赤色が、徐々に戻っている。

明確なタイムリミットがありながら、いざたどり着くと、どうすればいいのか迷ってしまった。

マヤが戦って万魔殿《パンデモニウム》に勝つことはできないだろう。戦力差はバカバカしいほどだ。

だからマヤは、正直に言った。

「どっか行ってくれない？」

「まあ？」

万魔殿《パンデモニウム》が漏らした声は、心底バカにしきった色に染まっていた。

「とってもひどい寝言を聞いたわ。頭にプリンでも詰まっているのかしら」

「だって、他にどうすればいいのよ」

マヤは唇を尖《とが》らせる。

「あたしね。たぶん、命を懸ければ、あなたのことを消せるよ」

「まあ、そうかもしれないわ」

意外なほど理知的に、万魔殿《パンデモニウム》はマヤの言葉を肯定した。

この二人の間で鍵となっているのは、マヤの記憶だ。さらにマヤの肉体は万魔殿《パンデモニウム》と同一である。同じ人間から分離したのだから当然だ。

つまりマヤは、万魔殿《パンデモニウム》と導力の相互接続をすることができるのだ。

マヤの記憶を万魔殿《パンデモニウム》に流しこめば、記憶を取り戻したマヤが小指から独立したように、目の前の片腕もマヤとなる可能性がある。導力の相互接続という鬼札があるからこそ、この距離まで迫られた万魔殿《パンデモニウム》はマヤに対して迂闊《うかつ》な手出しができないでいる。

「まぁ、そんなことされたら、赤い靴に踏み潰してもらうわよ。ここらの人はみーんな、ぺちゃんこね」

「そうでしょうね。あたし、死にたくないわ。メノウもサハラも死なせたくない」

周囲のすべてを人質にとった万魔殿《パンデモニウム》と、その気になれば万魔殿《パンデモニウム》を自分と同じにできるマヤ。

いまこの時だけ、マヤと万魔殿《パンデモニウム》の手札は拮抗《きっこう》しているのだ。

「だからさ。いまはあなたのことを見逃してあげるから帰ってくれない？」

「とっても生意気ね。たかが小指が、何様のつもりかしら」

マヤと万魔殿《パンデモニウム》が、互いに静かに見つめ合う。

本来ならば、同時に存在するはずなどない二人だ。

人災《ヒューマン・エラー》と、その前の『迷い人』。

どちらも引くほどの理由はなく、かといって強行できる確信もないまま見つめ合う。その睨み合いの中、マヤはふと視線を逸《そ》らした。シアタールームの座席。そこに、文字が書かれていることに気が付いたのだ。

『B級映画も最後まで座って見ようぜ。グッドラック、マヤ！』

ノノからの、最後のメッセージだった。それだけ見れば、なんだこれはとなる書き残しだ。

こうなることがわかっていた伝言を読んで、天啓のように言うべき台詞《せりふ》が思い浮かんだ。

「ねえ」

「なに？」

「あなたは、エンドロールは見て帰る？」

万魔殿《パンデモニウム》は、すぐには答えなかった。マヤは構わずに、自分のことを話す。

「あたしは最後まで残らず見届けて、明かりが点《つ》いてから帰りの準備を始めるわ。それがマナーだもの」

「そうね」

小さく答えた万魔殿《パンデモニウム》の瞳が、赤い導力光で輝いた。

「結局、そういうことだわ。あたしとあなたは、まったくの別物ね」

『導力：生贄供犠――混沌癒着・純粋概念【魔】――召喚【空を自由に飛んでみよ】』

攻撃かと身構えたマヤの予想とは裏腹に万魔殿《パンデモニウム》の腕が変容して、魔物の翼と変わる。

「あたしだって、あなたになんか、万が一にもなりたくないわ」

万魔殿《パンデモニウム》は羽ばたく。なにが琴線に触れたのかはわからないが、どうやら引いてくれるらしい。

「それでも、覚えておくといいわ。どうせあなたも、あの人も、あたしが飲み込むよりももっと素敵な結果をもたらしてくれるもの」

空を飛び、上空にある赤い靴のつま先に座る。万魔殿《パンデモニウム》を乗せた足は徐々に持ち上がっていき、空の亀裂の内側へと戻っていった。

「純粋概念を宿して生きている限り、人災《ヒューマン・エラー》からは逃げられないわ」

心に這い寄る一言を残して、空の亀裂の彼方に万魔殿《パンデモニウム》は消え去った。

「わかってるわよ、そんなこと」

マヤは、ぽつりと呟《つぶや》く。

自分も、メノウも考えなければいけないのだ。

純粋概念を使った代償を、どう支払うのか。

どうしようもないかもしれない考えを巡らせていたマヤの頭に、ぽんと手のひらが乗せられた。

「お疲れ様、マヤ」

くしゃくしゃと髪を乱して頭を撫《な》でられる。

マヤは上目遣いでメノウを見た。

「……聞いてた？」

「ええ」

メノウは頷く。自分がアカリの純粋概念を使えるようになって以来、考え続けてきたことだ。

「それも含めて、どうにかするためにここまで来たのよ」

環境制御塔の上部を『絡繰り世』に送り、【星読み】の上半身はアビィが格納した。解析が終われば、『星骸』の管理権限も手に入れることができるだろう。

『星骸』が異世界送還陣であるのならば、逆算することで異世界召喚の魔導構成に触れることができる。この星の根幹、世界の【力】の源に接続できれば、純粋概念すら魂から引きはがすことができる。

マヤは、間に合うはずだ。自分で言っていた。彼女の【魔】は記憶の消費が少ない、と。

メノウとは、違うのだ。

「だから、ほら」

メノウがほほ笑んで、下を示す。

地面にはアビィとサハラがいた。戦闘の終わりを察して、二人に手を振っている。

「とりあえず、あの二人に万魔殿《パンデモニウム》を撃退してやったって自慢しましょ」

「そうね……うん！　メノウの言う通りだわ！」

考えることは多くとも、いまの一時だけは、暗い考えを振り切ってマヤたちは地上に待つ仲間たちのもとに降り立った。

Epilogue エピローグ

「モモちゃんさん、お帰り！」

半日かけて地下街を通るルートで地上に出たモモを、暇を持て余していた緑髪の神官が最初に出迎えた。

フーズヤード。

歯車が組み合わさった眼鏡をかけた彼女は、導力の【力】に変態的な執着を抱いている神官だ。モモは彼女を無視して、もう一人に満面の笑顔を向ける。

「異端審問官のモモ、戻りましたぁ！」

「ああ。『遺跡街』でのことは私も把握している」

ここに来る途中で、モモは予備の教典を使って報告を送っている。もう一冊の教典はメノウのもとにある。

空を見上げると『星骸』は無事に浮いていた。その真下にある『絡繰《からく》り世《よ》』の入り口まではたいりょう大量の瓦礫《がれき》があって、たどり着くまでに一苦労しそうだ。

モモがそう思った時、多量かつ濃密に圧縮された導力が発生した。

『導力：接続――断罪剣・紋章――二重発動【水流・圧縮】』

紋章魔導が迸《ほとばし》った。一振りで窪地《くぼち》にある瓦礫が切り裂かれて、道ができる。

「おおー……すっごいよね、ミシェルちゃん」

「黙ってろ。お前の誉め言葉はなぜかイラつく」

「ですよねー。さっすがミシェル先輩ですぅ！」

「あまり褒めるな。こそばゆい」

「同じことを言っているはずなのになんでぇ……？」

三人はミシェルが切り開いた道を歩く。

「報告は見たが、『陽炎の後継《フレアート》』は『遺跡街』では死ななかったのか？」

「はい。正確には、一度、確かに死んだんですけどねー。復活しましたぁ」

「ちっ、そうか。ノノ様の予言には、そういうことが起こるな」

ミシェルが舌打ちをする。半年前に、モモは【星読み】――つまり、ノノに出会った。そこで彼女の予言を受け取ったのだ。

モモはミシェルにその話を伝えた。世界の危機がある時に起動する魔導兵。ノノの予言を記録したのが【星読み】だということは、ミシェルも知っている。盲目的にハクアの言葉を信じ込んでいるように、ミシェルはノノからの伝言を疑わなかった。

「とはいえ、ノノ様の予言通り、マヤ様が『絡繰り世』に入った」

万魔殿《パンデモニウム》ほどではなくともマヤも、原罪概念の申し子であることに違いはないのだ。『絡繰り世』を壊すには、不足ない。

ミシェルは北大陸では待機させ続けていた部下、フーズヤードを見る。

「『星骸』の管理権限を取り戻し、『絡繰り世』の空間は撃滅する。あれほどの空間規模を相手にするからには、儀式魔導が必要だ。今回ばかりは、貴様が頼りだと自覚しろ」

「はい！　でもでも聞いてよ、ミシェルちゃん。『絡繰り世』ってはじめてだから、すっごい楽しみなんだよね！」

元気よく返答したレンズ越しの瞳《ひとみ》は、好奇心で輝いている。控えめに言って、彼女は戦闘力がゼロだといってもいい。だがフーズヤードには他では代えが利《き》かない技能がある。彼女が本領を発揮できる状況で敵に回せば、信じられないような強敵になる。

「そうだな。私も、少しばかり楽しみだ」

ミシェルが全力を発揮するには、人の生活圏がある大陸は狭すぎた。

だが、『絡繰り世』にはミシェルが気を遣わなければならないものはなにもない。

「『龍』としての本領を発揮するのは、本当に久しぶりだからな」

「先輩の本気が見られるなんて、楽しみですぅ……！」

こびへつらいながら、モモは内心で吐き捨てる。

どいつもこいつも化け物揃《ぞろ》いだ。ミシェルとフーズヤードだけではない。メノウたちだって、負けず劣らずの集団になりつつある。

だがどちらも敵に回さなければ、モモの望みはかなわない。『遺跡街』で起こった一連の事件で確信した。メノウの美しい髪の色が黒く染まり、アカリが顔を出したことで自分が間違っていなかったことを知った。ノノが『遺跡街』にモモを招いて告げた予言の正しさを。

——君の先輩は、結局は自分のことを犠牲にすることを選ぶよ。

瞳に星型の導力光を浮かべたノノの言葉。世界の危機に目を覚ますという【星読み】が、わざわざモモに言ったのだ。

それを聞いて決心した自分の行動が世界にどのような影響を与えるかまではモモも知らない。

だがモモは、いまのメノウを許せない。許せるはずがない。絶対に、許さない。

メノウは、自分自身の記憶をすべて消費して、自分の体をアカリに譲るつもりなのだ。

「モモも、及ばずながらあの人たちと全力で戦いますよぉ！　あいつらの行動は——」

メノウの肉体はアカリの精神とともに生きることになるだろう、なんて結末は。

「——絶対に、許しませんからぁ！」

メノウの行動を打ち砕くため、一人の味方も作らずにモモは『絡繰り世』を目指した。

あとがき

人に迷惑をかけてはいけません。

たぶん日本人なら誰でも聞いたことがあるでしょう。

親から親戚から教師から、はたまた道行く人の誰かから。

その言葉が、〆切が迫る度に頭に浮かびます。

佐藤真登《さとうまと》という作家が具体的に〆切をどう取り扱っているか語って読者さまをドン引きさせてもいいことなにもないのであれですが、はい。

人に迷惑かけてはいけないなぁと、〆切が来るたびに思う次第でございます。罪悪感で死にそう……ザオ○ク、ザ○リク!!　死んでる余裕なんてないんだよ!!　読者さまのためにも、これからもいっぱい書ける限り書きますとも!!


以下、謝辞になります。

イラストのニリツ先生、編集のぬるさま。大感謝です。あとがき書く時間も惜しいので手短にですが、感謝の嵐です。

そして関係各所の方々、なによりアニメ化より一年近く経って発売になった新刊を手に取ってくださった読者の皆様。

誠にありがとうございます。作者のザオ○クは読者様の応援の声です。届く確率が五十パーセントとかいう曲解はしないでください。そっちはザ○ラルです。いつもエゴサして一人静かに喜んでいます。ニリツ先生のイラスト？　ベホ○ですね！

というわけで皆様の呪文をバフにして、メノウたち旅はまた次に進んでいきました。九巻に続きますので、お楽しみください。

ファンレター、作品の
ご感想をお待ちしています

〈あて先〉

〒106－0032
東京都港区六本木2－4－5
SBクリエイティブ（株）
GA文庫編集部 気付

「佐藤真登先生」係
「ニリツ先生」係

本書に関するご意見・ご感想は
右のQRコードよりお寄せください。

※アクセスの際や登録時に発生する通信費等はご負担ください。

https://ga.sbcr.jp/

処刑少女の生きる道《バージンロード》8 ―フォール・ダウン―

発　行　　2023年3月31日　初版第一刷発行

著　者　　佐藤真登
発行人　　小川　淳

発行所　　SBクリエイティブ株式会社
〒106−0032
東京都港区六本木2−4−5
電話　03−5549−1201
03−5549−1167（編集）

装　丁　　AFTERGLOW

印刷・製本　中央精版印刷株式会社

ISBN978-4-8156-1723-3
Printed in Japan　　GA文庫

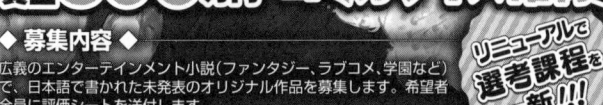